肉の監獄

下

マルムス

【表紙・絵】田野　敦司

目次

第一章　客観

―一―


「丸山運送さん、丸山運送さん、事務所まで」

突然の構内アナウンスに柏原《かしはら》は舌打ちをする。

「おいおい、まさか」

柏原が作業をする横のブースで、同じく、出荷作業をする太田が柏原の顔を見る。柏原はじろりと太田を睨んだ後、そのまま事務所へと足を向けた。

「おお、すまんな、柏原くん、今日から、また五店舗の増便になるんや」

「社長、無理ですよ、これ以上、どこに荷物を載せるんですか」

「それはそっちの都合やろ、あんたらは契約業者や、荷物をこなせんなら、辞めてもらうで」

「チッ、分かりましたよ、とりあえず、丸山に連絡してみます」

柏原は事務所を出ると、早速、丸山の携帯を鳴らした。

「はい、もしもし、おぉ、柏原、どないよ、忙しいか」

「どないよとちゃうで慎也君、もう限界や。人を入れるか、慎也君が出て来るかせんかったら、俺、今日限りで辞めさせてもらう」

「なんや、えらいぶっそうな。なんかあったんか」

「もう、今月入って、十一店舗も配達先が増えてるんや、どないすんねん」

「そっか、分かった。丁度、体調も戻って来たしな、よし、明日から俺が半分取るから、そないにぶっそうなこと言わんと、今日、配達が終わったら、家まで来てくれや」

「ほんまやな、頼むで。そっか、でも良かったな、体調が戻って」

「あぁ、苦労掛けたな。すまん」

柏原は配達を終わらせると、その足で丸山の自宅に向かった。駐車場に着くと、丸山の商業車がスタンバイされている。どうやら明日から、丸山は仕事に出る様だ。柏原が玄関のチャイムを鳴らすと、丸山はすぐに扉を開けた。

「おぉ、お疲れ、まぁ上がれや」

柏原が丸山の顔を見るのはもう半年ぶりになる。同じ個人運送店として、丸山は良い仕事を持っていた。以前より、柏原は丸山に仕事を分けて欲しいと依頼をしていた。そんな丸山が体調を壊して柏原に仕事を回してきたのが、半年前の事だった。柏原は丸山の依頼を快諾し、そのまま、丸山の仕事を引き継いだ。そして今日、半年ぶりに、柏原は丸山の顔を見る。

「お、おい、慎也君、なんや、それ、ええ」

柏原が驚くのも無理はない。柏原が知っている丸山は、ガッチリとした胸板に、船乗りの様な太い腕っぷしの男だった。ところが、今、柏原の目の前にいる丸山は、まるで別人の様になっている。それは、確かに自分の知る丸山なのだが、しかし、目の前の丸山は、丸山ではないのである。

……髪型の所為か……

丸山はロングヘアになっていた。否、違う、病気で痩せたとは聞いていたが、それは、痩せたと云うよりは、骨ごと小さくなった、と、言えばいいのか。とにかく、一周り、丸山の全身は小さくなっていた。

「あはは、そんなに、俺、変わったか」

「変わったなんてもんやない、別人やないか。ほんまに、大丈夫なんか」

「大丈夫や、まぁ、見ての通り、痩せてもたけどな、体調はええねん」

柏原と丸山はしばらく歓談をし、丸山が明日から走る配送ルートの振り分けを終えた。

「ほんなら、そろそろ帰ろかな」

「あぁ、じゃ明日からな」

「おう」

柏原が帰ろうと玄関に向かうと、柏原の目に、ふと、あるものが飛び込んで来た。それは、寝室と思しき締め切られた部屋のドアに張られている、一枚のお札である。

「慎也君、あれ、なんや」

「あ、あぁ、あれは、その、魔除けのお札や」

「魔除けって、なんやそれ、気持ち悪いな」

「そうなんや、ここな、よう、出るんや。幽霊が」

「おいおい、やめてくれ、俺、そういうのん苦手なんや」

柏原はそれ以上の質問はしなかった。しかし、柏原の中に、なんとも不可解な、そして不気味な、丸山慎也像がその日、出来上がって行った。

翌日から、丸山は約束通り、会社に出勤して来た。

「おはようございまーっす」

丸山は、以前と変わらぬ明るい声で挨拶をする。しかし、職場の人間は、丸山のその変貌に視線を釘づけにされた。

「え、丸山君て、あんなんやったか」

ヘアースタイルがロングヘアになった。しかし、それだけでは、どうにも説明の出来ない丸山の変化に、同僚達は皆、丸山の身体を心配した。

しかし、丸山の明るい性格は相変わらずだったし、人当たりも良く、笑いをとることも忘れない。仕事も、以前と変わりなく、丸山は卒なく荷物をこなした。一週間もすると、もう、丸山の変貌を口にする者は誰も居なくなっていた。

それから暫くは何事もない日々が続き、柏原の中でも、あの日、丸山に感じた違和感が薄れかけていた頃、再び、柏原は丸山に疑問を持つ事になる。それは、職場で使う資材の買い出しに、柏原が丸山を誘った時の事だった。

柏原は、丸山と一緒にショッピングモールを歩いて驚いた。もちろん、丸山が容姿に優れている事は認識していたが、すれ違う女性の殆どが、一度は丸山を目で追うのである。以前は開襟シャツにジーンズしか着なかった丸山だが、復帰してからの丸山は、職場でさえ、常にデザイナーズブランドを身に着けている。確かに改めて見ると、丸山から、ちょっとしたオーラの様なものさえ感じる。そしてそれは、なんとなく中性的で、ふとした角度から見ると、丸山が、偶に女性に見える事さえあるのだ。柏原や職場の人間は、毎日、丸山に接する為、案外、丸山の変化に鈍感になっているが、丸山は、あれからもずっと、得体の知れぬ変化を続けているのかもしれない。

「さて、こんなもんで暫くはいけるかな」

「そうやな、そんなもんやろ、レジは俺がするから、それ貸して」

柏原が取り上げた丸山のカゴには、数種類の殺虫剤、中には犬や猫に使うノミ取り用のパウダーまでが入っている。

「え、慎也君、ペットなんか、飼ってたっけ」

「あぁ、この前な、子猫を、拾ったんや」

「ふーん」

柏原は軽く返事をするが、こんな大量の殺虫剤に、ノミ取りパウダー。それがどうにも不可解で、違和感が残った。

――二――

そんなある日、職場に、秋山凛と云う新人が入社して来た。茶髪にギャル系のメイク。少し派手で、水商売の女にも見えるが、柏原は、凛がタイプだった。柏原は、女性に対して免疫がなく、寡黙で、かなりの奥手である。だから、柏原はなかなか凛と会話をする機会に恵まれずにいた。

凛が入社して暫くすると、常に凛を意識していた柏原は、凛のある行動に気が付く。凛は、必ず丸山が来る少し前に出社して、丸山が朝のコーヒーを飲みながら煙草を吸う時間に、必ず自分も喫煙所に行くのである。

……もしかしたら……凛は……丸山に惚れているかもしれない……

四六時中、凛をつぶさに観察していた柏原は、その時、そう思った。

凛の行動は、日を追うごとに大胆になって行く。喫煙所で談笑していると、何かの拍子に、丸山の腕に自分の腕を絡めたりする。それを毎日かたわらで観察するうち、柏原は、丸山に対して、嫉妬を感じる様になって行った。

丸山については、得意先の若い女にも、随分と問い合わせを受ける。しかし、柏原が丸山にそういった事を報告しても、丸山は全く興味を示さない。丸山には全く浮いた話がなかった。

その日、丸山と柏原は、一緒に昼食を摂っていた。あるコンビニの女性店員が、どうしても丸山をコンパに誘い出してくれと柏原に頼み込んで来たからである。

「慎也君、ええやろ、たまには、パーッといこうな」

「ええわ、マジ、そんなん、興味ないねんて」

丸山は、なかなか柏原の誘いには乗らなかった。するとその時、丸山の携帯にメールの着信が入り、画面に、あの秋山凛の文字が表示された。

「え、なんや、慎也君、秋山さんと、もしかして」

「いやいや、違うって、アドレス教えただけやって」

「秋山さんて、彼氏おるん」

「いや、おらんで。つか俺、あいつに告られて、ちょっと、困ってるんや」

「マジで、秋山さん、可愛いやんか」

「いや、俺はもう女は懲り懲りや。一人がええねん、一人が」

丸山が言うその台詞は、柏原には、この上ない自惚れと、嫌味に聞こえた。この日から柏原の中に、丸山に対する、ある種の嫉妬を軸とした、憎悪が生まれ、柏原は、そういった感情と視点で、丸山を観察する様になっていった。


……こいつ……ちょっとモテるからって……調子に乗りやがって……


駅で荷物の到着を待っていると、最近、丸山はよく誰かとメールをしている。

「あ、慎也君、なんや、また秋山さんとメールかいな」

「そうやな、荷物が来るまで、凛も暇なんやろな」

凛って……こいつ……秋山さんを……呼び捨てにするようになったんか……

「で、もう、付き合ってるんか」

「あはは、無い、無い。俺、こんなグイグイ押してくるタイプ、無理や」

そんな事を柏原と丸山が話していると、また、凛からの着信が入る。丸山は柏原の見ている前でそのメールを開いた。すると、そのメールには、画像が添付されていて、それには、女性の下着姿が写っている。

【慎也君、見て、見て、これ、昨日、買ってん、どう、似合う？】

「な、最近、こんな感じやねん」

「へぇ、秋山さんって、意外と、大胆やねんな」

柏原は、込上げる怒りを飲み込み、平静を装った。がしかし、柏原の丸山に対する憎しみは、この日を境に、決定的になった。

丸山の様子が怪訝しくなってきたのは、それから間もなくの事だった。以前はよく車から降りて来て皆と談笑していた丸山が、めっきり車から降りて来なくなり、車を覗くと、それは、居眠りどころではなく、完全に熟睡していることが多くなったのだ。

……こいつ……夜に、いったい、何をしとんねん……

柏原の中にその疑問が浮かんでから数日後、事務所から柏原に電話が入った。

「おい、柏原君、丸山君知らんか、配達先から荷物が届かん言うて、クレームが来てるんや」

「分かりました。ちょっと、見に行ってきます」

柏原は急いで自分のエリアの配達を済ませると、ルートを逆から周り、丸山を捜した。すると丸山は、区域の半分も配達をしないまま、路上に車を停車させて寝てしまっている。

「おい、慎也君、どないしたんや、得意先、カンカンに怒ってるぞ」

窓ガラスを叩き、大声で話し掛ける柏原のそれに、丸山は飛び起きた。

「ヤバッ、柏原、半分手伝ってくれ、爆睡してもた」

「ほんま、大丈夫かいや、また体調悪いんとちゃうんか」

「だ、大丈夫や、ちょっと、睡眠不足なだけや」

そう言い残して走り去っていく丸山を見送りながら、柏原はある決心をする。

どうもあいつ、考えてみたら……最初から……なんか怪訝しいねん……

よし……いっぺん……夜に抜き打ちかけて、家、訪ねたろ……

柏原は数日後、こっそり丸山の自宅を訪れた。柏原が丸山の自宅に着いたのは、もう、深夜の二時を過ぎていた。柏原が車から降りて丸山の自宅に目を向けると、確か、あの気味の悪い札が張られていたと思しき寝室の窓に、明かりが煌々《こうこう》と点いている。柏原は足音を忍ばせ、その窓に近づいて行った。窓には、分厚い遮光カーテンが施されていたが、一か所だけ、カーテンの隙間から部屋の様子を窺うことが出来る隙間があった。柏原は、そこから中を覗き込み、丸山の姿を捜した。

えぇっ！……あれはっ！……あれは……な、……なんや！……いったい……あいつ……なにしとんねん！……

第二章　主観

――一――


失う存在《もの》は、もう、何もなかった。こんな時、人は死を選ぶものだと云う事も、一度、死を選択した自分には、解りすぎる程に分かっていた。しかし、こんな自分でも、死ねば涙を流す人もいる。それが、たまらなく、厭《いや》だった。

こんな化け物を宿した體《からだ》なら、それに相応しく、汚らしい、愚かで、凄惨な死に方が有る筈だ。誰もが目を背ける様な、そんな死体になりたいと思っていた。

広子の死と、遺体は、美し過ぎた。だから、誰かを泣かせてしまったのだ。僕は、誰にも泣かれたくはなかった。唾を吐きかけられる様な、汚らしく、醜い死体になろう。そう、思った。

友人から手に入れたＵＲＬからサイトに入り、そして、それらの書き込みを見て僕は驚いた。まるで通信販売と変わらない。こんなに軽く、こんなに簡単に手に入る物なのか。僕は、そんな気軽な書き込みの中から、適当に選んだ番号に電話を掛けてみる。

「もしもし、配達、いけるんかな、神戸やねんけど」

「あぁ、いけるよ。ひとつでいいの」

「うん。で、初めてなんやけど、使い方、教えてくれるかな」

「そうなんや、あのさ、これは遊びやないで、止めとき」

なんや……こいつ、商売する気あるんかい……

その男は、商売っ気のない事を言った。

「売りに出しといてそれはないやろ。なんや、自分は後悔でもしてる言うんか」

「後悔か、後悔ねぇ、俺の場合、後悔の仕様がなかったな。親も、親戚も、この商売してるし、俺は、小学校の頃から使ってたし。お前、ホンマに、人間、辞める積もりなんか」

「あぁ、もう、失うものなんか、何も無いんや」

「分かった、それならかまへん、明日、持って行ったる」

翌日、待ち合わせ場所で待っていると、それらしい男が僕に近づいて来た。男は全身、黒の革で身を固めている。

「えーと、昨日、電話、もらったよな」

「あぁ、そうそう」

「じゃ、これや」

男は茶封筒を僕に手渡す。僕は現金をその男に手渡す。男は現金を確認すると、そのまま立ち去ろうとした。

「おい、ちょっと待ってくれ、昨日、頼んだやろ、忘れたんか」

「頼んだ、何の事や」

「いやいや、初めてやからって、使い方教えてくれって、頼んだやろ」

「……そうか……昨日、お前が電話で話した男は、俺の親友や」

「なんや、伝言、聞いてないんか」

「あぁ。今日の配達先がメモに有っただけで、後はもう、聞きたくても、聞きようがない」

「なんや、あいつ、パクられたんか」

「死んだ。自殺や。多分、お前との電話の、後ぐらいちゃうか。」

「おい、お前、名前は」

「俺は、健司や」

「そうか、おい、健司、腹減らんか、ちょい飯、付き合えや」

これが、健司と僕の出会いだった。

ファッショナブルな三宮や元町と違い、少し北西に歩くと風俗店ばかりがある神戸駅の界隈は、大阪のあいりん地区に似た薄汚れた街だ。肩を梳かす風には常に荒廃の匂いが染みついていて、その風は、希望や、夢を育む事がない。ここに流れ着き、その風に吹かれると、何もかもが澱み、朽ちてゆく様な、そんな気にさせる。

僕らは駅前の小さな居酒屋に入った。酒をやらない僕は烏龍茶を頼み、健司はビールを頼み、僕らは揚げ物の串を頬張った。

「で、お前の親友よ、なんで自殺したんや。俺の電話と、なんか関わりがあるんか」

「あいつ、電話で、なんて言うてた」

「俺が、初めてやから使い方教えろって言うたら、遊びやない、止めとけって、そない言うてたな」

「でも、止めなかったんやな」

「あぁ、俺は少しムカついたから、お前は後悔してるんかって、そう尋ねたんや」

「フフ、で、あいつは、お前に、なんて答えた」

「俺は、後悔の仕様がない。親も、親戚も売人で、自分も、小学生の頃からやってるって、ほんで、俺に、逆に尋ねた。お前、ホンマに、人間辞める気、あるんかってな」

「お前は、人間を辞める。俺には何もない。そう答えたんやろ」

「そうや、なんで判るんや」

「あのな、人間、自分の意志では決められん事がある。それは、自分がどこに、どんな親の元に生まれて来るかや」

健司は、バサと呼ばれるホルモン串を三皿と、ビールのお代わりを注文した。

「あいつは、自分が生まれた環境に悩んでた。インドのカースト制を、お前は知ってるか」

「あぁ、奴隷の子供は、奴隷にしか成れんってやつやろ」

「そうや、昔、そう遠くない昔、日本にも士農工商、そんなカーストに似た文化があったし、それは文化として、今の人の心にも染みついている。蛙の子は蛙、売人の子は売人。ここは、自由の国アメリカやない。あいつは、自分が、他人を地獄に堕とすことでしか生きられん、そんな、自分の生まれ落ちた環境を、いつも呪ってた」

僕は烏龍茶を一気に飲み干し、冷酒と、健司が食っているバサを、更に三皿、追加した。

「なんや、酒は飲めんのちゃうんか」

「あぁ、飲んだら、死ぬほど苦しくなる」

「ほんなら、なんで酒なんか頼むねん」

「お前の話が苦しいからや、まるで自分の事を言われているみたいに苦しい。だから飲むんや。さぁ、続きや、その続き、全部、聞かせてくれ」

健司は、運ばれてきた僕の串を一本盗み、そいつを前歯で引きちぎりながら、ニヤリとして話を続けた。

「堅気の人間から見れば、薬物依存者なんてどれも同じや、でもな、薬物依存者には三つのタイプがあると、俺は思う」

「タイプって、例えば、どんなタイプが有るねん」

「そうやな、一つは、明らかに、脳の器質的、或いは、非器質的な領域に疾患が認められる場合、つまり、医師から診て、こいつは病んでる。そう診断を出来る人間や」

「向精神薬依存ってことか」

「あぁ、向精神薬の範囲で何とかなる人間、そいつらは、置かれている環境が悪くなければ、社会復帰出来る。こいつらは、まだ救いが有るって事」

「なんや、薬物依存にも、天国と地獄があるって事か」

「あぁ、あるな、確実にある。次はな、自分次第で、社会と共存出来るタイプや。こいつらは、違法麻薬には絶対に手を出さない。こいつらにはな、こいつらの事を、守る人間、又はこいつら自身に守らなければならないものや、社会的地位、そんなもんがあってな、だからこいつらは、脱法麻薬なんてのを玩具にして遊んでる。俺が一番嫌いなタイプの薬物依存者や。お前はそれや。脱法で遊んでるうちに、それと引き換えに、大切なものを失った、そして、人生を投げる気になった。どうせそんな感じのアホやろ」

「まぁ、そんなとこや」

「最低やな、お前は、人間のクズや」

　健司はそう言うと、煙草に火を点ける。

「お前、脱法やったんなら、わかるよな、あれの副作用の怖さ」

「あぁ、あれは、確かに苦しいな」

（現在の脱法麻薬の副作用は、当時の数十倍の苦痛と危険を伴う……関係者談）

「脱法にしろ、アヘン系の麻薬にしろ、脳内麻薬のフェイクは、どれも恐ろしい副作用に苦しむ、でも、ある意味それが救いでもあるんや」

「救い、リスクではなく」

「あぁ、そうや。考えてみろ、その苦痛の記憶は、再使用に至る時の大きな抑止力になる」

「まぁ、確かにな」

「そうやろ、あの副作用の苦痛は、それは脳にも刻まれる、自然と、一旦、薬から離脱すれば、二度とやるまいと云う気にさせてくれる、特にアヘン系は命がけやからな」

健司は煙草を灰皿に押し付け、ポケットから何かを取り出した。

「でもな、こいつは違う、こいつに、そんな副作用は殆ど無いと言っていい、それがどういう事か、お前には理解出来るか」

僕は、健司がテーブルの上に置いた、小さなセロファンに包まれた白い塊を手に取る。

「抑止力となる苦痛や、副作用が殆ど無い。それはつまり、一度やったら、辞められないって事か」

健司はそれには応えず、僕の手からそれをつかみ取り、ポケットに終う。

「人間の行動原理って、お前は知ってるか」

「行動原理」

「例えば、睡眠欲、食欲、性欲。これらは人間が生存する為に必要な三大欲や。じゃあ、何故、この三つの欲を満たそうと、人間は行動すると思う」

「それは生存と、種の保存に伴う、本能的な、何かとちゃうんか」

「その通りや。しかし、その生存と種の保存が大切なことやと認識してるのは、脳の中の、一部分だけで、特に末端の身体の細胞なんて、そんなもん、なんの認識もしていない。生殖行動なんてな、ある種の生物には、命と引き換えの行動や。そんな危険を冒してまで、身体は、生殖行動をしたいと、実は思ってないんや。もし、生殖行動から、快感がなくなったらどうなる。絶対に、あんな行為をしたいとは思わん筈や。セックスはな、本当は、生物が、一番嫌いな、過酷な行為なんや。そんな、生物が、最も忌み嫌うセックスを身体に行わせるには、どうすればいいか、考えて見ろ」

「……体罰でも与えるか」

「お前は、苦痛を伴う行動を依頼された場合、依頼者に何を求める」

「それは、その苦痛に見合った報酬やろ」

「そうや、欲を満たす時、人間は必ず快感を得る、身体はこの快感を報酬として行動するんや、そして、その快感を産むのが脳内で生成される脳内麻薬、つまり、人間は、麻薬によって総ての行動を起こしていると言える」

「麻薬を餌に、脳は身体を操ってるって、事か」

「そうや」

健司はジョッキのビールを飲み干すと、愈々《いよいよ》、興に乗り、僕の顔を覗き込んできた。

「生き物が、あらゆる場面で、唯一、報酬として、欲しいと願うのは、地位でも、名誉でも、金でもない、それらを得たとき、脳が放出する脳内物質、脳内麻薬、それただひとつだけや」

「脳は必要なものを得るため、身体に対して行動を求める、そして、身体が行動をして、脳が求めたものを得たとき、脳は、身体に対して、その対価として、麻薬を支払うって訳か」

健司は新しく運ばれてきたジョッキに手をのばしながら頷く。

「ついでに言うなら、脱法と違法、これは、同じ作用を脳に与えるけど、構造として、根本的に違う物や」

「構造って、なんや」

「宝くじでも競馬でもなんでもええ、お前の手に、泡銭が入って、お前は豪遊したとする、しかし、お前はダメージを受けない、それは、臨時収入が入ってきて、それを使ったに過ぎないからや、しかし、同じ豪遊を自分の貯金でしたらどうなる」

「そら、経済的に、苦しくなるやろ」

「違法は、脳に臨時収入をもたらす、しかし、脱法は、脳の中にある、麻薬の貯金を使ってしまう。豪遊が終われば、脳内伝達物質を使い切った脳は深刻なダメージを食らう、鬱になり、身体を動かせなくなってしまうんや」

「なるほど、それが、あの副作用の正体か」

「あぁ、脱法は、政府に規制を受ける度に化学式を変える、それによって、ドンドン粗悪になっていく、そのうち、多くの死人が出るやろ、お前も死にたくなかったら、麻薬はもうやめとけ」

「怪訝《おか》しな事言うな、お前は麻薬の売人やろ、麻薬を売って生活してるんやろ」

「そして、最後のタイプ、それは、生きている中で、誰からも愛されず、誰からも必要とされず、何をしても、どんなに頑張っても、生きる幸せを、見つけられない者たちや、俺や、昨日死んだ、あいつみたいな人間や」

そこまで話し終えると、健司は突然、席を立ちあがった。

「ごっそさん」

帰り支度を始めた健司を見て、僕は慌てて支払を済ませ、健司の後を追う。

「待てや、健司」

しかし、健司は呼び止める僕の声を無視して歩き続ける。僕は走り、健司の肩を掴んだ。

「おい、お前、最後まで話せ、消化に悪いわ」

健司は僕を振り返り、そして僕の胸ぐらを掴んだ。

「なら着いて来い、お前に見せるものがある」

そう言うと、再び荒廃の風の中を健司は歩き始めた。駅前を離れ、人通りの疎らな路地を健司は歩き、その後を僕が追う。路地裏には、何人もの酔客が千鳥足で歩いている。彼らは、消えることのないストレスを抱え、そのストレスを反吐と一緒に路地裏の水たまりに吐き出していた。

健司の背中に迷いはなく、それは、ジャンヌダルクの出陣を僕に思わせる。正義は、何時だって、そんな風に、悲劇的な質《もの》の中で、己を主張する様、出来ているのかもしれない。そんな事を想いながら健司の背中を追って歩いていると、突然、健司の足が止まる。

「トルコの夢」

電飾が所々に切れたラブホテルの看板には、時代錯誤的なその名称が、古びたネオン管により書かれていた。健司は一度切り僕を振り向き、僕の顔を見ると、その建物の中に入って行った。僕は、健司の後から、その薄汚いラブホテルの門を潜った。

トルコの国旗をモチーフとしているのか、その部屋は、深紅の壁が覆っていて、部屋の中央に設置されている丸い回転ベッドに、健司は、僕に背を向けたまま腰を下ろした。

「お前、人間を辞めた人間を、見た事は、あるんか」

健司の、背中越しのその質問に、僕は、中学の同級生、生本政信を思い出した。

政信は不動産屋の倅で、大きな一軒家に住んでいた。ガレージで飼われているダルメシアンと政信は仲が悪く、政信は、餌に煙草の吸い殻をほぐしたものを混ぜて、何時もそのダルメシアンに食べさせていた。

ルネッサンスで見る彫刻の様な顔立ちをしたこの男は、シドビシャスが好きで、能くセックスピストルズを聴いていた。ダニエル・ハロルド・ローリングをこよなく愛し、酒が入ると、決まって路上駐車の車のバックミラーを壊して回っていた。

　ある日二人で、噂では、天皇陛下が植林をしたと言われている林に放火したその翌週、政信は、夜、ここの公園の上にある団地で、帰宅途中の若い女を襲ってみようと、僕に話を持ちかけてきた。

　今、まさに、陳列棚から商品を万引きしたかのような鼓動が、ドクンとひとつ、僕の全身に波打ち、僕はそれに、得体の知れぬ興奮を覚えた。僕と政信は、その日の午後十一時、再びこの公園で落ち合う約束を交わし、家路についた。

　僕の家では、夜の十時を過ぎると、父が外出をする。クラブを経営する母を迎えに行き、その売上の一部をかすめて丁場へ行く為だ。丁場とは、極道が経営する博打場の事で、今ならばゲーム喫茶を思い浮かべてくれれば妥当であろう。その日も、父は母を迎えに出た。

　鋼鉄製の扉に施錠する音が静かな廊下に響き、それを合図に、僕は行動を開始する。

　予め、用意していたプラスドライバーで、アルミサッシの格子を一本外し、その隙間から抜け出し、外部の廊下に出た後、また、格子を元通りにはめ込み、ネジを締めておく。こうして置けば、部屋を開けられない限り、僕の外出が暴露《ばれ》る事はない。一階の駐車場にあるバイクも、自転車も使うわけには行かない。使えば、父に脱走を見つかる可能性があるからだ。

エントランスに降りると、僕は、用心深く辺りを見回し、父の痕跡を探した。どうやら、もう、父は行ってしまった様だ。しかし、油断は禁物である。僕はマンションの裏手にある駐車場を囲む塀を乗り越え、ボイラー室の隙間を抜けて、一つ細い路地に出る事にした。

ボイラー室の前にはクーリングタワーがあり、その横に、空のドラム缶が二本置かれている。クーリングタワーを循環する水の浸食で、赤茶けたそのドラム缶の上には、溜まりに溜まった、朽ちた昆虫の死骸が散乱していた。そのドラム缶に脚を掛け、一気に最後の塀を飛び越える。予想以上の高さからの着地に、強かに足が痺れた僕は、脚を引き摺る様に歩いた。スニーカーの踵が地面に擦れると、靴の裏に張り付いていた茶褐色の昆虫の死骸が、バラバラとアスファルトの上に剥がれ落ちた。

開襟シャツの胸ポケットから煙草を取り出し銜《くわ》える。マッチを擦り、煙草に火を点け、胸いっぱいにその煙を吸い込むと、六時間振りのそれは、手足の末端をジンとさせた。

路地の暗がりに設置された街灯の明かりに向け、緊張と一緒に吐き出した煙草の煙が、闇から切り取られた様に漂う。

……あぁ、分かっている……自分の望みはそんな事には無いのだ……僕にとって興味があるのは……女でも……性的欲求を満たす事でもない……僕が見たいのは……政信の中の……化け物の姿だ……

歩きながら吸っていた煙草が灰になると、僕は、政信が待つ公園を目指し走り出した。僕が公園に着くと、政信は僕より先に公園に着いていた。

「慎也、お前、その恰好、何を考えとんねん、こんな時は、黒やろ、黒」

なるほど、このクソ暑いのに、政信が着るイギリスの国旗とシドビシャスのイカれた顔《つら》が印刷されている長袖の黒いロングTシャツは、この暗がりに上手く溶け込んでいる。

「手袋は」

「あるかい、そんなもん」

「お前、やる気あんのか」

政信の両手には、安物のギャングがよく嵌めている、薄手の黒い皮の手袋がなされていた。僕は、そんなものになんの興味もない。どうせ、実行するのは政信である。しかし、僕はあるものに興味を持った。それは、奴が、大事そうに手に握りしめている、一本のサランラップだった。

政信は、予め、想定していた物陰へと歩き始めた。物陰と言っても、ゴミ捨て場のコンテナーの裏、人が襲われれば、直ぐにでも通報されてしまうような場所だ。政信は、コンテナーの陰に腰を下ろすと、サランラップを両手で弄びながら話を始めた。

「これを、後ろから、女の顔に巻きつけるんや。窒息する女の顔、見たないか」

「殺してから、犯るんか」

「否、簡単には殺さへんで、意識を失ったら、人工呼吸をして蘇生させる。そして何度も、何度も、地獄の苦しみを味あわせてやるんや」

こんなもの、後ろから巻きつけて、抵抗されない筈がない。蘇生。人工呼吸。こんな屋外の、いったい何処でそんな事をやろうと云うのか。しかし、政信の口は、そんな現実などお構いなしに、自らの妄想を吐き出していた。

「その苦しむ顔を見ながらよ、な、わかるやろ」

そうこうしていると、団地の入口にタクシーが停まり、中から若い女が一人、降りて来た。政信の両手で弄ばれていたサランラップが静止する。血走った政信の眼球は、これ以上はないと云う程に見開かれ、降りてきた女の一部始終を追っている。女が降りた後のタクシーがUターンをして、暗がりに赤いテールランプを滲ませる。女は、コンテナーに近づいて来る。政信の鼓動の高鳴りが、手を触れたように伝わって来る。女がコンテナーの前を通り過ぎた。女は、政信に気づいてはいない。女の長い髪が、暗い街灯の明かりに掠る様に照らされると、女の髪が、金髪である事がわかる。政信が軽蔑してやまない、尻の軽そうな女だ。

女が郵便受けを確認した後、階段を登り、自宅らしき部屋の扉の前に立つ。結局、政信は、サランラップを握り締めたまま、微動だにしなかった。

数ヵ月後、政信の家のダルメシアンが死んだ。下痢と、嘔吐の末の死だったと、政信、本人が、そう言っていた。そして、その時、政信は、僕にこう言った。

「もう二度と、俺に近寄らんといてくれ」

政信の両親から、学校に苦情が入った。僕と付き合い始めてから、政信は不良になってしまったと言う苦情。政信の中に、化け物など、棲んではいなかった。政信は、化け物でも何でもない。単なる、下衆でしかなかった。もし自分が、政信の様な、単なる下衆なら、どんなにいいだろう。政信が羨ましい。僕には、その時、そう思えてならなかった。


――二――


健司の質問に、僕は応える。

「一人だけ、知っている、けど、そいつは、生まれながらに、人間じゃなかった」

「それは、友達か、それとも、肉親か」

「俺の父親や」

「お前、父親を、尊敬してるか」

「尊敬なんかできる訳がないやろ。でもな、もし自分があんな風になれたら、きっと、生きる苦しみはないやろうと思う。あの男には躊躇いが無かった。純粋に悪事を行い、人の命にすら、なんの躊躇いも無い。そんな、男やった」

「そうか、羨ましいな。人間として生まれて、人間の形《なり》をしているのに、人間を辞める苦労がないなら、それはそれで、本人にとっては、ひとつの幸せなのかもしれん」

健司は、自分を包む黒い皮を脱ぎ始めた。

「俺が、自分が人間じゃない事に気が付いたのは、思春期の頃かな」

ジャケット、シャツ、健司の上半身が脱皮を終える。それは、衣服を脱ぐと云う行為ではなく、明らかに爬虫類や甲殻類、或いは、昆虫類の脱皮なのである。健司の全身には、青銅色の墨で掘られた刺青があった。しかし、それは、極道が粋がって施した、滝を登る鯉でもなく、観世音菩薩でもなく、また、若者が好む、頭蓋骨や蜘蛛のモチーフでもない。健司の全身には、隈なく、爬虫類や魚類の皮膚である、鱗。ただそれだけが、びっしりと、幾何学模様のように描かれていた。

健司は大阪の住之江に産まれた。大阪の住之江と言えば、あの有名な、西成の、とある交差点に程近い場所で、環境として、余り良い場所とは言えない。

健司の家は母子家庭で、母親は子育てを放棄する、所謂、ネグレクトだった。健司は、週に一度か二度、幾ばくかの金を与えられ、その金で糊口《ここう》を凌いでいた。しかし、その金額が十分ではなかった為、足りない部分は万引きで飢えを凌いでいたと云う。

健司の住むアパートの隣の部屋には、卓也と云う浪人生が一人暮らしをしていて、健司をよく可愛がってくれた。しかし、卓也の健司に対する愛情は屈折したもので、やがて健司は、卓也に、歪んだ寵愛を受ける様になる。卓也の寵愛は、誰にも必要とされない健司の、唯一の居場所であり、健司は、卓也に求められるままに、その小さな身体を開いた。

卓也の屈折した願望は、従順な健司の姿勢でエスカレートを重ねて行く。母親に殆ど見捨てられていた健司に何をしたところで、早々、暴露る事はない。そんな冷たい計算が、卓也には有ったのかもしれない。

卓也の寵愛が日常的になった頃、卓也は、あるものを健司に見せた。それは、卓也の下半身に施された、金属の装飾だった。

「あれを見て、俺は、決して嫌だったわけじゃない。憧れている卓也君と同じになりたい。そう思った。俺は、だから、自ら進んで、施術を受けたんや」

それが、健司の、最初の肉体改造だった。

卓也は、健司の三つの場所に、それを施した。それは、卓也による、健司への、支配の象徴だった。健司は卓也に従順であり、従順である事が、健司の存在意義だった。しかし、ある日、突然、卓也は健司の前から姿を消した。どこかの大学にでも合格したのだろう。それっきり、卓也は二度と、健司の前に姿を現すことはなかった。

思春期の入り口で、その身体を玩具にされ、置き去りにされた健司。

……愛おしいまま……訳も分からず……憎むことも出来ないまま……あんなに……愛してくれたのに……どうして……

その時、健司の中に、化け物は、生まれた。

「卓也の行方は、調べんかったんか」

「あぁ、調べれば、突き止められたかもしれんな」

「じゃ、なんで、調べんかってん」

「調べてどうなる、俺は、無理やりされたわけじゃない、あれは、俺の意志やった。変わりたかったんや。人間とは違う、別の何かに。誰からも、絶対に同情される事の無い、醜い生き物になって、人間として愛されることも、人間として、生きる事も、人としての、全部を、諦めたかったんや」

全裸になった健司が、ベッドの上に立ち上がった。深紅の壁紙を背負う青銅色の皮膚は、目が眩むほど、鮮やかに退廃的で、その姿は、今も僕の網膜に焼き付いて離れない。

「ところがな、たった一人だけ、こんな俺を受け入れ、傍に居てくれる奴が現れた」

健司は大阪で、ソドムと云うパンクバンドのボーカルをしていた。あるライブの夜、控え室から出てきた健司に、その男が声を掛けてきた。

「偽善者が傷を舐めあうこの世界に、俺の居場所は檻の中にしか無かった。ええ歌詞やな、お前、前科は」

「傷害で、一年半や」

「どこの刑務所や」

「奈良少年刑務所」

「俺は、滋賀刑務所に、二年半や」

「罪名は」

「麻薬取締法違反の営利や」

「売人が、俺に、何の用や」

「お前の歌詞、聞いててな、思ったんや。お前、もしかして、何か、迷ってるか」

男は懐から取り出した煙草を健司に勧める。健司は男に勧められた煙草を銜え、男の差し出すライターの火に顔を寄せた。

「お前、名前は」

「日崎、洋介や」

「なら、洋介、質問や。人間を辞めるには、やっぱり、お前の扱ってる、その、白い粉が必要か」

「人間を辞めるなら、死体になればええだけや。俺の扱ってるのはな、何もかもを失くした人間が、生きる為に、最後に縋り付く、薬や。潔く死ぬことが正しいと思うなら、死ね。死んで死体になれ。でも、無様でも、罪を犯してでも、生きる事が正しいと、そう思うなら、試してみればいい」

「俺は、洋介に、こいつを貰った」

健司は、ベッドの上に脱ぎ散らかした皮から、あのセロファンに包まれた塊を取り出し、それをテーブルの上に置くと、ソファーに腰を下ろした。

「慎也、なんでや、なんで、俺や洋介には、生きる場所が無いんや。洋介はな、これを玩具にする奴には、絶対に売らん奴やった。どんなに無様でも、どんなに不器用でも、生きる。そう約束をする人間にしか、彼奴は、これを売らなかった」

健司は、それのセロファンを破いた。

「俺はこれを知って、これの力を借りて、こんな身体になった、これは、俺の中の迷いを全部消してくれた、その見返りに、世間で、居場所を失くしたけどな」

健司が立ち上がり、僕の前に立つ。健司の裸体が露わになり、その裸体に、僕は凍り付いた。

「慎也、人間を辞めるってのはな、こう云う事や、見ろ、これを見て考えろ。」

健司の身体は、敏感なところ、そうでないところに関わらず、至る所に、金属の装飾が施されている。ファッションに於いてなされる、ピアス、ボディーピアス、そんなものの範疇ではない。そして、皮下に注入されたであろう、シリコン、それもまた、美容整形の範疇にはない。インプラント、スカリフィケーション、ボディ・サスペンション、セイリーン・インフュージョン、ベーグル・ヘッド、スプリット・タン、サブインシジョン。健司のそれは、手術により、中心部分から、左右に二つに割れていた。

「なぁ、慎也、こんな身体になって、法を犯し、罪を重ねてまでも、俺は生きている。死んでしまおう。そんな事は、何度でも考えた。でも、俺は、まだ生きてる。お前は、どう思う。洋介が死んだ今、俺も、死ぬべきやと思うか。生きていても仕方ない、そう思うか。答えてくれ慎也、俺にはもう、出口が見えんのや」

「洋介は、なんで死を選んだと、お前は思うねん」

「あいつはな、もう指名手配されてた。今度パクられたら、特例法で十年は出られん、だからやろ」

「えらい手前勝手な話やな。洋介の客はどうなる、お前、言うたよな、あいつはこれを玩具にする奴には売らなかったって、あいつが売ってたのは、人間辞めてでも、それでも、生きようとする奴が、最後に縋る薬やって、お前も、洋介の薬に縋ってたんとちゃうんか」

　あぁ、視界の両端に、黒い縁が見えて来る。それは、数ミリ程度だが、僕の意識の上に、何かが、覆い被さって来る。僕のその変化は、健司の目でも確認できる様だ。

「なんや、慎也、お前、泣いてるんか」

　僕は泣いていた。僕の感情は、単に、健司の質問に対する答えを、冷静に考えているに過ぎない。それなのに、僕は泣いている。ちっとも悲しいとは感じないのに、僕は泣いている。

「生きろ」

　誰かが健司に話しかけた。視界の両端の黒い縁どりが、ドンドンと濃く広がっていく。

「慎也、お前、そう……やったんか……」

　健司は白い塊を砕いた。

「慎也、人間なんて、辞めてしまえばええ、なぁ、そうやろ、さぁ、楽になれ、お前は洋介の最後の客で、俺の最初の客や、俺は、洋介の後を継ぐ」

健司がそれを僕の中に入れる。視界は急速に小さくなり、やがて僕は、僕ではなく、彼女になる。

その日、僕は、人間を、辞めた。

――三――

誰からも祝福されず、この世に生まれ、誰からも愛されず、邪魔に扱われ、言外に消えろ、そう言われる種類の人々が居る。

健司はバンドを辞め、表舞台から姿を消し、洋介の残した携帯に掛かる注文の電話を受け、その洋介が言った、最後の藁に縋る人々を率いた。それは、きっと、イスラエルの民を率いるモーゼの様な生き方だったのかもしれない。もちろん、僕にはまだ分からない。社会に於いて、生きる場所のない僕らは、死を選ぶべきなのか。法を犯し、麻薬と云う藁に縋り、それでも、生きるべきなのか。

「生きろ」

僕の中の彼女はそう言った。それは、彼女が、僕の肉体と云う暗闇の中で思う、抽象的な決意の現れなのだろう。そして、彼女のその決意は、僕と云う人格に対する、現実的な、殺意の現れであったのかもしれない。僕の人格を殺し、独立した、ひとりの人間となり、思うままに生きたい。そう、彼女は決意したのだ。

健司の運んでくる物は、僕の中の苦しみを、それは、対処的にではあるけれど、全て消してくれた。もう、僕は、僕である必要がなくなった。現実の社会との接点、つまり、仕事以外の時間は、全て、彼女の時間になっていった。彼女は、生まれて初めて得た自由な時間で、沢山の事を試した。

……こんなものいらない……じゃま……いらない……いらない……きえて……なくなれ……死んで……しまえ……

第三章　凛

―一―


その日、柏原は初めて凛に話し掛けた。

「あの、秋山さん、丸山の自宅って、行った事あるん」

柏原の唐突な質問に、凛が怪訝な顔になる。

「なんで、そんな事、私に聞くんですか」

凛の少し殺気を含んだその回答に、柏原は、狼狽《オド》狼狽《オド》としながら話を続ける。

「いや、最近、丸山な、ほら、よ、様子が、怪訝しいやんか、秋山さんは、どう思う」

「はぁ、丸山君の、様子が、怪訝しい」

凛は先週の日曜日、丸山とドライブに出掛けた。ブランドやファッションに詳しい丸山に、凛は秋物のアイテムを選らんで貰ったのだ。丸山は、二十歳前後の女の子が好むブランドやアイテムを熟知していた。女の子の買い物に、こんなに楽しく付き合える男はそうザラにはいないだろう。知識もあり、会話のセンスも抜群だ。そして何より、一緒に歩いていると、羨ましそうな目で、通りすがる女が振り返る。凛はそんな優越感を、生まれて初めて体験した。

……この人の彼女になりたい……

凛は、今日こそ丸山に勝負をかける積もりになっていた。

「丸山君、ちょっと、お手洗い、借りていい」

凛は、そう言って、無理やり丸山の部屋に入り込んだ。

——二——

健司のそれが、僕の中の乾ききらない、悲しい記憶を封印したあの日から、彼女の、僕に対する煽動は、物理的な力を持った。

彼女の行動は、僕の記憶の中では、極めて曖昧なものになる。だから、あの時、僕には、どうしても客観が必要だった。僕は、その相手に凛を利用しようとしていた。

僕の中の彼女は、ファッションに興味が有るようだった。それは男性としての僕のファッションも含めてである。彼女の買い集める物は、最初は、中性的なものので、僕は、普段それらを着用していた。しかし、彼女は、次第に自分の服ばかりを買うようになる。僕の中には、本来は無い、女性のファッションについての知識が溢れ、また、僕の部屋には、彼女のそれらの物が溢れた。しかし、それと相俟って、彼女のストレスは蓄積される。如何に彼女が努力しても、この身体は、毅然として、筋肉質な男性の身体だからである。彼女のストレスは、健司と云うテキストを元に、ひとつの方向性を得る。それが肉体の改造を試みると云う事だった。

彼女は、様々な道具を使い、僕と、彼女の、この身体を、改造しようと試みた。彼女と僕の感受性は、180度違う。彼女にとって、それは至高の喜びであり。僕にとって、それは至極の苦しみだった。二系統の感受性から、一系統の神経に送られる至高と、至極。反応しきれぬ神経は暴走し、それを抑える為、薬の量が増えていく。僕の時間の中で、薬が切れる時間がなくなり、彼女が意識を持っている事が日常的になる。しかしそれは、僕にとってではなく、彼女にとっての誤算だったのではないだろうか。彼女に、僕が営んでいる社会生活を維持する事は出来ない。彼女の意識の台頭は、僕の社会での立場を危ういものにしていった。

僕は、自分の曖昧な記憶だけでは社会性を維持出来ないと判断した。だから僕は、凛の記憶を利用しようとしたのだ。凛の、僕に対する、態度を指針として、抜け落ちた記憶を補填し、僕は、自分の社会生活を維持しようとした。

凛は、型ばかりにトイレに入り、少し時間を置いてトイレから出る。すると丸山は、白い、ダンスクのケトルで湯を沸かしていた。

「凛、紅茶でええかな」

「え、あ、うん、ありがとう」

凛はダイニングを見渡した。十二畳ばかりのダイニングには余り生活感がなく、カールハンセンのテーブルと椅子、南側のコーナーに、フェンダーストラトキャスターが二本、メサブギーのコンボアンプが置かれているだけで、他には何もない。凛がダイニングテーブルの椅子に腰かけると、丸山は、ロイヤルコペンハーゲンのレモンティーを凛の元に運んできた。

「なんか、ホテルみたいやね」

凛は、テーブルの上に置かれた間接照明を、点けたり消したりしながら丸山に話し掛ける。

「掃除が面倒やからな、極力、物は置かないようにしてるんや」

「丸山君、ギターが趣味なん」

「あぁ」

丸山はギターを握り、さらりとエリッククラプトンを一曲流した。少し嫌味な程に、丸山は、何でもこなす。

「丸山君、何で彼女つくらんの」

嫌味なほど何でも揃っているこの男に、どうして女の影が見えないのか、凛は、それを以前から不審に思っていた。

「凛は、俺の事、好きか」

丸山は、凛の質問には答えず、反対に、藪から棒な質問を凛によこして来た。凛は、丸山のその質問に戸惑う。

「あ、え、うん、ま、まぁ、うん」

凛がしどろもどろな返事をすると、丸山は笑いながら再び質問をする。

「じゃ、俺の、どこが好きなんや」

凛はハッとする。丸山と云う人間のどの部分が好きなのか、こうして問い質されると、思いがけず答えに窮してしまうのだ。

「……いや、その」

「凛、人にはな、どんなに見ようとしても、見えない闇の部分がある。凛は、俺の闇を見てるか、ちゃんと、俺の中の闇が見えてるか、なぁ凛、凛が、もし、俺の中の闇を見つけることが出来たら、その気持ちに対する返事、考えさせてもらう」

「わかった、きっと、うん、私、丸山君のそれを、きっと、見つけてみせる」

凛のその答えを聞きながら、丸山は愛くるしい、天使の様な微笑みで、和やかに凛に微笑みかけた。

……この人は、何か人には言えない事があるのかも知れない……

凛が丸山の笑顔を見ながらそう思った時、ふと凛の視線に飛び込んで来たのが、あの寝室の扉に貼り付けられた、得体の知れぬお札だった。

凛は、日曜の話を、掻い摘んで柏原に話した。柏原の胸中に、沸々と丸山に対する憎悪と嫉妬が湧き上がる。

「なぁ、秋山さん、彼奴の寝室の扉に貼り付けられてる、あの、気味が悪いお札、見たんやろ」

「え、あぁ、あれな、うん、なんやろな、あれ」

「秋山さん、知りたないか、あの、お札の秘密」

凛はあの日、それに気づいていたが、丸山に問うことはせず、丸山の自宅を後にしていた。

「知りたい、柏原さんは、知ってるん、あのお札の意味」

柏原は凛の質問には答えず、魚が食い付き、波間に消えた浮きを確認した釣り人のような有様で自分の用件を切り出した。

「秋山さん、今晩、俺に付き合ってくれへんか、丸山の秘密、教えるから」

凛の頭に、あの日の丸山の言葉が蘇る。

……凛、人にはな、どんなに見ようとしても、見えない闇の部分がある。凛は、俺の闇を見てるか、ちゃんと、俺の中の闇が見えてるか、なぁ凛、凛が、もし、俺の中の闇を見つけることが出来たら、その気持ちに対する返事、考えさせてもらう……

「分かった、どうしたらええん」

柏原は、バレンタインの贈り物を済ませた少女の様に、上擦った声で凛に言う。

「と、とりあえず、ご、ご飯行こうよ、し、仕事、終わったら連絡するから、番号、電話番号、いいかな」

凛は柏原に電話番号を教えると、そのまま仕事に戻った。


――三――


「それは、現実と、非現実を分ける扉や」

「そんなもん、必要ないやろ」

健司は、寝室の扉に貼り付けられたお札を指でなぞりながら、そう僕に話す。

「健司は社会ともう関わりがないからな。でも、俺は仕事をしてる。社会と関わりが有る間は、現実と非現実の境界線を作っとかなあかん。他人に、迷惑を掛けるのは、やっぱり、あかんやろ」

健司は僕の前に腰かけると、ポケットからブツを取り出し、テーブルの上に置いた。しかし健司がそこに置いたブツは、いつもとは違う黄色い色をしている。

「なんやこれ、何時もと違うブツか」

「デザイナーズドラッグや、今はもうないけどな、一時期、これを作って闇に流していた、宗教団体が有ったんや」

「それって、あの……」

「あぁ、それがな、偶々、手に入った。今後、絶対に手に入らん様なブツや。お前がこれを使って、それでも、今の台詞を吐けるなら、お前はもう現実社会に戻れ。お前今なら間に合う」

そう言いながら、健司はピストンを押した。いきなりだった。今までの様に、ゆっくりではなく、突然、僕の意識は現実から遠ざかり、檻の中にぶち込まれた。それは、まさにぶち込まれると云う感覚だった。背骨に沿って、肌が泡立ち、全身の体毛が、針になったかのように感じる。僕は、もう、僕の身体に対して、彼女の意識に対して、これっぽっちも手出しが出来ない。彼女が、お札で封印されている寝室の扉を開いた。

「ええ、それって、犯罪やんか」

凜は柏原を睨む。

「いやいや、友人としての、思いやりやんか。俺は、丸山が、心配で」

食事を終えた柏原と凜は、丸山の自宅に向かっていた。

「でも、それ、何の意味があるんやろ」

「俺にだってわからんよ。でも、丸山は、確かに全裸で、体中に殺虫剤を吹き付けて、ノミ取りパウダーを頭から被って、のたうちまわってたんや」

凜の視線が柏原の顔から、フロントガラスの匿名的な一点に移る。そして凜は、その後、一言も喋らなくなった。

柏原と凜が丸山の自宅に到着すると同時に、丸山の部屋から、男が一人出て来た。その男は、黒い革を纏った、如何にも怪しげな男だった。男はエントランス脇に駐車していたバイクに跨がり、そのまま、東に向かって走り去って行く。

「あ、秋山さん、じ、じゃ、見に、行こうか」

――四――

しかし、柏原のそれに凛はなかなか返事をしなかった。時刻が深夜に及んでいる為か、国道を流れる車の数に段々と陰りが見えて来る。もう、人の通りは殆どない。

「秋山さん、丸山が心配やないんか、さぁ、行こう」

凛は一度、怪訝な面持ちで柏原の顔を見る。しかし凛は、意を決したかのように、開けていたサイドウィンドウを閉め、車のドアを開き、外に出た。

――五――

アァ、コウジャナイ

コレガアルカライケナイ

イラナイ

コンナモノ、イラナイ

オマエモ、オマエノコレモ、イラナイ

シンデシマエ

シンデシマエ

彼女は以前、釣具店に於いて、フナ釣り用の針を購入していた。その針には、普通の釣り針の様に、針先に返しがついていない。つまり、少し湾曲を開いてやると、丁度、医療用縫合針の湾角強針の様になる。

「イラナイ」

彼女は、そう思っている。

「ジャマ」

彼女は、そう思っている。

健司の去った後、彼女は、その釣り針を使った。僕は、何時もの場所で、歓喜に震える彼女を見ているしかなかった。皮膚を貫く針の先が綺羅《きら》りとする度、どす黒い血液が床に滴り落ちて行く。何も感じなかった。痛いとも、悲しいとも思わない。けれど、僕の瞳からは、止め処ない涙が、何時もの様に零れ落ちていた。

――六――

凛は、国道の際まで全力で走った。そして、排水溝を見つけると、そこに、先ほど柏原との食事で摂った食べ物の全てを吐き出した。

「あ、秋山さん、だ、大丈夫か」

後から駆け付けた柏原が、凛の背中を摩ろうと手を伸ばした。しかし、凛はその柏原の手を、力一杯に跳ね除けた。

「なんでや秋山さん、これで、これで丸山の正体が解ったやろ、あんな奴、辞めて、俺と」

「柏原さん、あんた、それでも人間かっ、誰があんたみたいな奴と付き合うかい、金もうてもいらんわ」

凛は、柏原を睨み据え、吐き捨てるようにそう言うと、柏原の車には乗り込まず、国道沿いを歩きながら携帯を取り出し、どこかに電話を掛ける。

「それは幻覚ですよ」

「幻覚」

「ええ、慢性的に麻薬か、ある種の向精神薬を乱用していると、人は眠らなくなる。睡眠を疎かにすると、幻聴や、幻覚が現れる。虫の幻覚は、麻薬や向精神薬の典型的な副作用です」

「じゃあ、あの、釣り針と糸は」

「それは、私には判らない。個人的にそんな事をする被疑者を、私は見たことがありません」

「お願いします、彼を、彼を、救ってあげてください」

「分かりました。では、署までご足労を願えますか、調書を作成しますので」

凛は、タクシーに乗り込み、電話を掛けていた最寄りの警察署へと向かった。

達成感なのか、安堵なのか。僕の中の彼女が、あの時どんな気持ちで居たのか、僕には分からない。健司が帰ってからどれ位経ったのだろう。見ると、健司が持ってきたブツは空になっていた。意識は、堪えきれぬ程の痛みと現実の時間を、僕の中に注ぎ込んでくる。動けなかった。痛みで全く動けなかった。ふと耳を澄ませると、玄関に人の気配を感じる。やがてその気配の主は、大声で僕の名前を呼び始めた。応えようにも応えられない。彼女の意識がそこに無いと云うのに、僕は何時もの場所から動けなかったのだ。こんな事は今まで、一度も無かった。

――七――

その呼びかけが途切れると、とうとう声の主は、玄関の扉を開き、その時、六名の男性捜査員と、一名の女性捜査員が僕の部屋に入り込んで来た。

「うわぁ、酷いな、加藤、救急車や」

「はい」

加藤と呼ばれる男が携帯で１１９番に通報する。

「五分少々です」

加藤のそれに頷く横田に、女性捜査員が質問をする。

「横田さん、麻薬の中毒患者って、こ、こんな、酷い事になるんですか」

「否、ここまで酷いのは見た事ない、けどな、お前もこれから四課で刑事をやっていくんやったら、よう見とけ、脱法、違法を問わず、これが、麻薬の恐ろしさや」

女性捜査員はハンカチで口を押さえながら僕を見下ろしていた。出来れば彼女の、その靴の踵で、この腐った頭を踏み潰して欲しい、そう思った。

意識が途切れ、次に意識が戻ったのは病院の手術室だった。体中の糸が抜かれ、治療が終わった後、尿検査をされた僕は、違法性がある物質の陽性反応が出た為、そのまま病院のベッドで、警察に緊急逮捕された。

取り調べが始まったのは、それから間もなくの事だった。取り調べを受けるのは初めてではない。しかし、刑事達の、余りにも事務的で、マニュアル的な取り調べに僕は驚いた。薬物犯罪は、交通犯罪に次いで、検挙率がトップクラスの犯罪。つまり、逮捕から一貫して、取り調べは、もう完全にマニュアル化されてしまっているのだ。

「ええか、お前は、非行歴はあるけど、初犯や、わしの言うとおりに調べしとったら、早けりゃ三ヶ月で娑婆に出られる。やいこしい事言うなよ、お前も、早く外に出たいやろ。どうせな、薬は一回やったら、絶対にやめられへん、これからお前は、わしらとは、長い付き合いになるんやから、まぁ、今回は、わしの言う通りにしとけ」

刑事は、この麻薬社会の全てを悟る賢者の様な態度で、まるで自分が天満大自在天神（菅原道真）であるかの様な目つきで、上から腐った僕を見下ろしてくる。こいつらに、こんな奴らに、僕らの、いったい、何が分かると云うのだろう。

逮捕後、凛が面会に訪れた。凛の顔には、何時ものはつらつとした表情はなく、凛は、恨みの籠もった目で僕を見据えた。

「私には、丸山君の心の闇なんか理解できん、丸山君、分かってたんやろ、分かってて、私を、利用したんやろ、最低や」

凛はそれだけを言うと去り、二度と、僕の前には現れなかった。きっと凛は、もっと、もっと、僕を罵りたかっただろうに。僕は、面会の後、凛が差し入れてくれた下着や、服、歯ブラシやタオル、そんなものを握りしめて、凛に、心の中で、謝罪した。

第四章　堕奈落

―一―

取り調べが終わり、留置室に連行されると、そこにはすでに一人の容疑者が寝転がっていた。金沢勇二。二十三歳にして、頭髪はすでに薄く、身長は百六十二センチと、男性としては低身長だ。腹は見事なまでにメタボリックしており、そしてなにより、一重瞼に隠れた小さな黒目が印象的で、何を考えているのか、まるで分からない、野生のクマの様な、危ない雰囲気をした男だった。

勇二の罪状は窃盗。工事現場で重機を盗み、警察から出頭を求められ、警察に出向く途中、コンビニに駐車されていた、エンジンが掛かったままのタクシーを盗み、そのまま警察に出頭すると云う、常識では考えられない事をしてしまう男だ。この男に携帯番号を教えたところから、もう、次の転落は始まっていたのかもしれない。

ある日、勇二宛に、一通の手紙が留置場に届き、それを手にした途端、勇二が小躍りをして喜び始めた。

「勇二、なんや、どないしてん」

「へへへ、慎也さん、来ましたよ、ついに来ましたよ」

拘留期間の最中には、検事調べと云うものがあり、一度は検察庁に護送され、検察官の取り調べを受けなくてはならない。勇二の話によると、ここの留置室のすぐ隣にある女性用の留置室には、同年代の女が一人、拘留されて居ると言う。留置場の検事調べは拘留者をまとめて護送し、警察署単位で行動する。この時、勇二はある作戦を考え、実行したと言うのだ。

勇二は小さなメモに、自分のフルネームと、そして手紙が欲しいと云う旨を認め、密かに下着の中に隠し持った。そして検事調べ当日、先に護送バスへ収容されていた女に、隙を見てそのメモを投げ渡したと言う。その女から、なんと、返事の手紙が届いたと言うのだ。事件に関連性が無ければ、同じ留置所に拘束を受けながら、手紙でやり取りが許されてよいものなのか。しかし現に、勇二の握りしめる女からの手紙は、警察署の検閲を終え、ここに在る。この言語道断な話に、僕は警察のいい加減さに呆れると共に、驚きの目で勇二を眺めていた。

勇二は嬉しそうに便箋とボールペンを取り出し、返事を書き始めた、しかし、一時間ほど苦悶した挙げ句、彼は、僕に相談を持ちかけてきた。

「慎也さん、ちょっと、読んでみてくれませんか」

なんとも稚拙な文字と文章だった。勇二は殆ど漢字が書けない、この時代には珍しく、文盲と言っていい。

「あの、お願いします。俺、やっぱり、手紙を書くのなんか無理っす、慎也さん、代筆してもらえませんか。俺の熱い気持ちを、あの子に伝えてくれませんか」

顔を見た事も無い、声も聞いたことも無い女に、熱い気持ちも何も無いと思うのだが、しかし僕は、暇つぶしに、この男の奇行を引き受け、この日から、勇二を偽った僕と、米田美香との文通が始まった。


——二——


凛の次に面会に来たのが、あの礼子だった。しかも、礼子は葉子を連れて来た。

「なんとなく怪訝しいとは思ったけどな、あんた、ホンマに、人間のクズや、葉子、見ときや、こんなクズにだけは、絶対になったらあかんで」

葉子は、凍り付いた様に冷たい目で僕を見た。健司の言葉に、それでも尚、社会から逸脱することを恐れていた僕に、葉子のその冷たい目は、最後の審判を下した。もう、恐れる存在《もの》は何もない、どうせ三か月もすればここを出られる。

『人間、辞めてやるよそんなもの。俺は、悪魔になってやる。どうせ、悪魔から産まれた、悪魔の子供だ。こんな化け物を、死ぬまで抱えて行かなければならない運命だ。逃げる場所がないなら、俺は親父の様にもう躊躇わない、躊躇わずに、自分の欲に従って、この現実世界で、悪事の限りを尽くしてやる』

美香には八才と三才の息子が居た。美香はヘロインの使用で前科がある。警察病院で薬物離脱の治療を受け、服役中は父親に子供を託けていた。出所後、二人を引き取り、生活保護を受け、今のマンションに落ち着いたらしいが、生活保護を受け出してすぐ、直哉と云う若い男をマンションに引っ張りこみ、また麻薬に浸る生活に戻ってしまう。

近隣住民の通報で警察のガサが入り、子供たちは、施設が強制的に引き取り、運良く薬物反応が出なかった美香と直哉は、しかし、別の窃盗容疑で逮捕、起訴となる。

直哉の実刑はすでに確定しているそうだが、美香の場合、今回の起訴は、薬物ではなく窃盗、つまり、累犯であるにも関わらず、罪名が違う為、執行猶予がつく可能性があった。僕らは、執行猶予判決ならば、勇二、僕、美香、の順番で、娑婆に出る事となる。

程なくして、それぞれの裁判が終わり、奇しくも、勇二と僕は同じ日に拘置所を後にした。

執行猶予判決。僕ら三人は、たった三ヶ月足らずで再び娑婆に戻った。こんな人間のクズを、必ず再犯すると判っていながら、裁判所は、判例に基づいて、檻から抛り出した。

警察の取り調べでも、検察の取り調べでも、僕は一貫して、罪を反省など、これっぽっちもしていないと、刑事にも、検事にも、弁護士にも、そして、裁判官にも訴えた。いい加減なものである。この犯罪、初犯であれば、営利目的以外、必ず執行猶予判決が出る。

僕は取り敢えず、母が家賃を支払い、確保していた、前のアパートに戻った。それから数週間も経ったろうか。ある日、あの警察の留置場で勇二になりすまし、文通をしていた米山美香から、僕の携帯に電話が掛かって来たのだ。

「自分、最低やな、どういうつもりなん」

美香は出所後、勇二と連絡を取った、そして待ち合わせに現れた勇二をひとめ見て、自分は騙されたのだと悟ったそうだ。

「どう責任とってくれるん」

「どう責任とれば納得するんや」

「今から直ぐ、会いに来て」

僕は性懲りもなくまた、翌日から、美香のマンションに転がり込んだ。

美香と云う女は、いったいどんな人生を生きて来たのだろう。それは、この自分が驚くほどに、アンダーグラウンドの様々な仕事に精通していた。オレオレ詐欺で使われる架空口座の売買、金融詐欺、売春、偽装結婚から薬物の売買まで、なんでも手がけている。

自分にはお似合いだと思った。始まりから、一貫して、何もない人生である。何処でどう死のうが構わない。僕は、美香の言いなりになり、どんどんと、底の見えない悪事に手を染めていった。

「慎也君、ちょっとお願いがあるんやけど、ここに判子押してくれへんかな」

それは、美香の名前と、僕の名前が記入された婚姻届けだった。

「私、どうしても、息子を取り戻したいんや」

今回の逮捕により、美香は生活保護を打ち切られた。生活基盤を失った美香に対して、施設は子供たちの帰宅を渋った。

『米山さん、例えばご結婚をなされるとか、ですね、生活の基盤が整わなければ、今の状態でお子さんをお返しすることは、当施設といたしましては、同意しかねます』

「私、どうしても子供を取り戻したいねん、ねぇ、半年でいいねん、私と、入籍してくれへんやろか」

薬さえ手に入ればそれでよかった。それにしがみついていなければ、一日たりとも生きる意味の無い、糞の様なこの命。薬は、広子の様に死んで仕舞ったりしない。僕の期待を裏切らない。作り物でいい、仮初めでいい、それでいい。薬を手に入れる方法以外、何を考える必要もない。僕に美香の申し出を断る理由は無く、僕は、四度目の婚姻届けに、その日、印を押した。

――三――


その施設は小高い山の頂上にあった。途中、廃棄物の処理施設と障害者施設があるだけで、他には何もない。僕は、美香の運転する車に乗せられ、子供たちが居ると云うその施設に面談に訪れた。

僕の役割は、経済力が有り、明朗快活にして、優しい父親。施設の担当者を騙くらかすぐらい、僕にとって訳もない。面談で戸籍謄本と幽霊会社の名刺を差し出し、嘘八百を並べ立て、担当者を納得させた僕は、次に子供達との面談にこぎつけた。これで子供達に家に帰りたいと言わせてしまえば、僕の仕事は終わる。糞だ。本当に、人間のクズだ。しかし、当時の僕に、そんな認識はない。僕は、人間など、とっくの昔に辞めてしまっていたのだから。

長男の正人は美香の顔を見るなり室内から飛び出してきた。

「お母さん！」

こんな女でも、子供にとっては母親なのである。正人と美香は抱き合い、暫し涙を流し、抱擁していた。やりきれないといって、これほどやりきれない絵面も、なかなか無いだろう。職業的犯罪者である美香に引き取られ、この子らに、何の未来があると云うのか。それの片棒を担いでいる自分は、何なのだろう。しかし、それも当時の僕にはどうでもよい事だった。

さぁ、次は翔太である。ふと見ると、翔太は保母さんの足にしがみついて、美香の元に行こうとはしない。そして、その小さな目には、天敵に怯える小型の哺乳類の様な色が浮かんでいる。きっと、普通の人には、ただ睨んでいるだけに見えるだろう。しかし、虐待の体験を持つ僕には、その目の光の意味が理解できた。多分、この子は、以前、同居していた直哉に虐待を受けていた筈だ。僕は、無言で翔太に近づいて行った。

翔太は僕が近づいても、決して目を反らそうとはしない。そう、虐待を受けた事のある子供は、よくこういう目をする。常に対象の動きを観察し、何をされても、なるべく自分に対する被害が最低限に抑えられるように考えているのだ。僕は、翔太のその小さな目を覗き込んだ。不思議なものだ。翔太には、僕の目の色に、同類の色がある事が解るようだった。言葉は要らなかった。僕が手を差しのべると、翔太は黙って僕に抱かれた。

正人と翔太を車に乗せ、僕らは美香のマンションに向かった。これで僕の仕事は終わりだ。後は、半年後に籍を抜けばいい。

「翔太、お腹空いたやろ、なんか、食べようか」

猫撫で声で呼びかける美香に、しかし、翔太は全く反応しない。終始、翔太が無言のまま、車はマンションに到着した。

僕は車を降りると、薬と金を美香に要求した。薬と、住んでいたアパートの滞納分の家賃。それが、僕のこの仕事の報酬だった。美香がバッグから取り出した封筒を、僕は受け取った。これで自分のアパートに戻る。この糞女ともお別れだ。そう、思っていた。ところが、車を降りた翔太が、僕のズボンのポケットを掴んで、いっこうに離そうとしないのである。

……なんて目をするんだ……

翔太のその健気な目の光に、僕は必要もないのに翔太に言ってしまった。

「翔太、オムライス、食べるか」

僅かだけ、嬉しそうに頷く翔太の手を引き、僕は近くのスーパーで買い物をした後、美香のマンションに入って行った。

「え、慎也君、料理なんか出来るんや」

久しぶりに握る包丁。玉ねぎの皮をツルリと剥き、鮮やかに微塵切りに刻んでいく。美香は僕の手つきに酷く驚いていた。僕が材料を切る様を、正人と翔太は、興味津々に眺めている。子供達が置かれていた環境が環境である。きっと、料理の現場など、見た事がなかったのだろう。

このオムライスを作っていると、つい、広子の事を思い出す。広子が好きだったオムライス。そのオムライスを、今、この美香の子供達の為に作っているのが、なんだか妙な気分だった。

どうやら、料理の腕は落ちてはいないようだ。あの頃、広子に出していたオムライスと、寸分たがわぬオムライスを、僕は彼らの食卓に提供することが出来た。正人と翔太は、大人の一人前はある大きなオムライスをペロリと平らげた。

「美味いか」

「うん」

正人と翔太は、顔中を米粒だらけにしてニコニコと頷く。

何を求めた訳でもない。何を期待した訳でもない。しかしこの日、美香から受け取った封筒は、封が切られる事なく、僕の鞄の中で暫く眠り続けた。

荒れ放題だった美香のマンションを、一通りの掃除を済ませた。正人を小学校に戻し、日中は翔太と二人で過ごした。最初、凍りついた様に表情の乏しかった翔太に、普通の子供の様な笑顔が戻るのには二週間許りの時間を要した。翔太は兎に角、喋らない。否、喋れない子だった。この子は、きっとこの三年間、必要とされる世話を殆ど受けていない。語彙が乏しく、話したくとも話せないのだ。僕は、翔太に言葉を教えた。本を読み、会話をし、外に連れ出し、様々なものの固有名詞を彼に教えた。彼はスポンジの様だった。凡ゆる事を、貪るように吸収していく。ひと月もすると、普通の三歳児とそう変わらぬ程に、翔太の言葉は成長した。

「慎也君、ボクシング、教えてよ」

ある日、学校からもどった正人が、泣きながら僕にそう訴えて来た。僕は、気づいてやれなかった。どうやら正人は学校に戻ると直ぐ、いじめに遭っていた様だ。

考えてみれば当然である、あの美香の子供なのだから。僕が、自分の父親がヤクザであった所為で、どれほど酷い目に遭ってきたかを考えれば、本来ならば、僕が先に気づいてやらねばならない事だった。完全に僕の落ち度である。

僕は自力でいじめを克服した。しかしその方法は褒められたものじゃない。数で勝てない時は、待ち伏せをして相手が一人になった頃合を見計り、後ろから木刀やバットで不意打ちにする。弱い奴から順番に、一人、また一人、忘れられないような恐怖を身体に刷り込んでやるのだ。もちろん仕返しをされる時もある。肝心なのは最後まで諦めない事。相手が自分を怖いと思うまでやり続けること。しかし、こんなもの、子供に教えてよいものかどうか、ともあれ、方法は別として、僕はその日からボクシングを正人と翔太に教え始めた。

身体を動かし、言葉を交わし、美味いものを食わせる。自分に出来る事を、やっただけの積もりだった。

「ねぇ、慎也君、このまま、ここで、この子らと一緒に住んで欲しい、無理かな」

四ヶ月を過ぎた頃、美香がそんなことを言い始めた。

「無理やな。おかんが確保してくれてたアパート、家賃を滞納したままにしとけんし、そろそろ仕事にも就かんとあかんしな」

「どうしても」

「あぁ、俺には、深く拘わらん方がええ」

「そっか、まぁ、私に興味がないのは分かる、でも、子供達は、慎也君の事……」

「心配すんな、あいつらには、たまに会いに来る。車なら三十分の距離やし」

「どうしても無理なん」

「あぁ」

「どうしても」

「美香、俺と深く関わるな。俺は、もう、一人でしか、生きられん、人間、辞めたからな」

何件かの面接の後、僕はアパートの近くの運送会社で就職の内定を貰った。仕事、住まい。揃える物は揃えた、やれる事はやった。子供らの世話でついついお預けにしていた薬。

薬の欲求からアパートに帰るのを待ち望んでいたある日、美香が新薬を仕入れてきた。

「慎也君、見て、今日、新しいのが手に入った」
美香が僕に差し出したそれは、毒々しい色をした、緑とピンクの錠剤だった。それを見た瞬間、一瞬で何もかもが消し飛んだ。僕は、美香の手からそれをむしり取り、飲み込んだ。なんなんだ……幸せだ……何もしないのに幸せで仕様がない……なんなんだこれは……しかも、薬を入れているにも拘わらず、あの女が、出てこない。それは、今迄、経験して来た、どんな薬よりも良かった。僕は美香が仕入れて来たそれに夢中になってしまった。常用を続けだすともう、一日として我慢が出来ない、そして薬が効いている時間はドンドン短くなり、薬が切れると、あの女が、まるで自分を主張するかのように、消毒液の臭いを撒き散らす。薬が切れるのが怖かった。その恐怖心は、僕を泥沼の依存へと沈めて行く。

「慎也君、誰にでも、そんなに優しくしちゃ駄目だよ」
「広子」
「慎也君と居ると、女は勘違いしちゃうんだよ」
「勘違いって、何を」

「ううん、勘違いだけじゃ済まなくなって、その内、その内、慎也君、刺されちゃうよ」

「どないした、急にそんな、物騒な事を言い出して」

「物騒、物騒なのは、慎也君の、その優しさの方だよ」

「優しいのは、あかん事なんか」

「ううん、普通の女にならそれでいい、でもね、私みたいな女には駄目。私みたいな女はね、身体に飽きると、男は、すぐに裏切るの。だから、私は男になんて、なんの期待もしていない。あはは、なのにね、そんな女でも、こんな風に優しくされたらね、もしかしたら、もしかしたらって、思っちゃうんだよ。そんな風に思っちゃうとね、女は、女は怖いんだよ」

「……」

「だって、さっき、慎也君が出て行く話しを始めた時、私、本当に後ろから刺してやろうって、考えてたんだから」

美香は、僕を繋ぎとめる為、違法麻薬、ＭＤＭＡとヘロインを、僕に飲ませていた。

――四――

どうやって自分のアパートに帰ったのか、殆ど覚えてはいない。財布には数百円の現金しかなかった。半年留守にして、荒れ放題の部屋は、ゴキブリの巣窟となっていた。苦しい、兎に角苦しい。ヘロインは、ひとつ間違えばショック死もしかねないほどの恐ろしい禁断症状が出る。僕は苦し紛れに、美香から受け取った、あの封筒の中の薬を使った。しかし、それは、ホームセンター等で販売されている観賞魚用の塩素中和剤を使ったフェイク。いくら身体に入れても、糞の役にもたたない。視界全部にゴキブリが這い回る。幻覚なのか、本物なのか分からない、全身が石のように硬くなる、筋肉が、自分の意思では、全くコントロール出来ない。灼熱地獄と極寒地獄が数分ごとに繰り返される。

……死ぬ……僕はこのまま死ぬんだ……糞とゲロに塗れて……ゴキブリの餌になって……ひとりで死んで行くんだ……

なんの疑いもなくそう確信させるほど、その副作用の地獄は酷いものだった。そして、それからその地獄は、三日三晩続いた。よく死ななかったものだと思う。

美香は、この地獄の禁断症状で僕を縛ろうと画策したのだ。

……広子……今更……理解出来たよ……僕は……間違っていた……矢張り……君を殺したのは僕だ……無意味な……思い遣りの無い……ただ優しいだけの優しさを君に垂れ流した……僕の所為で……君は……死んだ……

あの地獄の日、以来、僕は、美香達とは一切の接触を断った。正人や翔太の事はもちろん気になる。しかし、そもそも、あんなところで、無意味でなんの責任も持たないただの優しさを垂れ流した僕が悪いのだ。僕は子供達にとって他人、それ以外の何者でもない。只々、不用意に、必要のない優しさを垂れ流した許りに、子供達を傷つけてしまったのは、僕の所為だ。

僕は普通に職に就き、それから暫く、静かに普通の時は流れた。そんなある日、美香が離婚届けを持って訪ねてきたのが、僕が彼女らと連絡を断って、七ヶ月もした頃だった。

「どう、元気にしてる」

「あぁ」

正人や翔太の事が頭を過る。だが、僕は一切、その事には触れずに、淡々と離婚届に印を押した。

「これでもう会う事もないんやね」

「あぁ、まぁ、元気で暮らせや」

子供達の事を考えるなら、言うべきことは沢山あった。しかし、僕はそれも口には出さず、ただ淡々と、彼女を玄関から見送った。

以来、僕は、平凡な日常を続けていた。しかし、美香と離婚してから、僕の身辺に不穏な動きが見られる様になる。アパートの駐車場の前に、見覚えの無い、他府県ナンバーの車が何かを探る様に停車していたり、僕が仕事を終えて帰宅すると、アパートの影から数人の男が、蜘蛛の子を散らす様に走り去って行ったり。

一番に驚いたのは、何時もの様にトラックで仕事をしていると、バックミラーに美香の運転する車が映った。僕が慌ててコンビニの駐車場にトラックを入れると、美香は、気付かぬふりで、何事もなかったかの様に走り去って行く。

偶然だったのか……人違いであれば良いのだが……気味が悪い……

そんな時、事件は起こった。

――五――

僕は以前、美香の手下である、聖己と云う売人の男に、自分が、もう使用していない軽自動車を譲ってやった。その男が最近になって、大阪府内で、次から次に駐車違反を繰り返し、その反則金十三万八千円が、僕のところに請求が来たのである。薬を辞めてもう随分になる。逮捕される恐れも無い。僕は、悪びれる事なく何度も警察に足を運んだ。しかし、本当に警察とは、いい加減なものである、たらい回しに次ぐたらい回しで、こちらの話など一向に聞く耳を持たぬ有様で全く埒が明かない。僕は、仕方なく、知り合いの売人に再び連絡をとり、聖己という男の足取りを追った。

聖己の足取りを追うのに、僕に協力してくれた売人で、矢吹という男が居た。この男、過去に美香と接点が有った為、僕は最初、多少の警戒をしていたのだが、しかしこの男、金にもならぬのによく動いてくれる。しかも、情報が的確かつタイムリーで、聖己を捉える事に成功した僕は、何時しか、矢吹に信頼を置くようになっていた。

矢吹には女が居た。ある日、矢吹は、もう売人から足を洗いたいのだと、僕に電話で告白をした。しかし、その女が妊娠をした為、女と切れることが出来ない。矢吹の仕入れた薬は、全部、その女が管理をしていると言う。女と別れなければ、自分は売人をやめられないのだと、矢吹は電話の向こうで泣いた。

僕は矢吹に、中絶費用を貸してやることにした。妊娠しているにも関わらず、麻薬や向精神薬を使用し、剰え売買しているような女。果たして、そんな女の子供に生まれて来て、その子供に、どんな未来が有ると云うのか。そして、こんな商売、自分から辞めたいと思える時に辞めなければ、少々の事では、辞められる筈もない。一週間で返済する。矢吹のその言葉を信じて、僕は、その月の給料袋を、そのまま矢吹に手渡してやった。

ところが矢吹はあろうことか、僕が用立ててやった金で、薬を仕入れていたのだ。それを知った僕は、矢吹を呼んで殴り飛ばした。

「お前！　こら！　なに考えとるんや！」

「ごめん、慎也君、女と別れるには、どうしても、金が少し足りんかったんや、慎也君の金はすぐに、すぐに返す、返すから、もう、もう勘弁して」

まぁ、売人などに金を貸した自分が馬鹿なのである。返ってくれば儲けものだ。僕はその日、矢吹をそのまま、大阪に返した。

翌日、金を返すと矢吹から連絡があり、僕は仕事を終えてから、ずっとアパートで矢吹が来るのを待っていた。しかし、待てど暮らせど、矢吹は現れない。漸く矢吹から連絡があったのは、もう午前零時。翌日も仕事だった僕は、玄関のポストに投函しておくよう矢吹に指示した。しかし、現金をポストにはと矢吹はそれを拒む。

「じゃあ、鍵を開けて寝てるから、着いたら起こしてくれ」

「わかった、じゃあ、着いたら起こすわ、慎也君」

それは青天の霹靂だった。疲れて熟睡をしているところを、いきなり大きな痛みとも、快感とも覚束ぬ、衝撃が僕を襲った。いったい何があったのか、暫くは理解すら出来なかった。目を開けると、矢吹が居る。笑っている。僕に何かを見せている。

「起きた〜慎也君、ぎゃははは」

グラグラと揺れる僕の視界に映るそれは、注射器。矢吹の顔が歪む。消毒液の匂いがして来た。

……殺してくれ……もういっそ……誰か僕を……殺してくれ……


――六――


意識が戻ったのは午前六時五十分、僕は、急いで服を着替え、会社に出勤した。

……矢吹はいったい……

一抹の不安を覚えた僕は昼休み、会社の上司に郵便局に行くと言い、家に戻った。アパートの駐車場に着き、車を降りた途端、七人の男共が、僕の周りを取り囲む。

「久しぶりやのう慎也」

それは、以前パクられた時の、刑事の顔だった。

……嵌められた……

家宅捜索の令状を振りかざし、彼らは、僕の部屋にゾロゾロと上がり込んで来る。

「慎也、ネタはあがっとるんじゃ、品物あるんやろ、出さんかい」

僕はもう、全くなにも考えられなくなっていた。

「何や、黙秘かい、まぁええわい、ほんならションベン出せ」

一度、逮捕歴のある僕には、尿検査を拒む術はない。尿検査は勿論、陽性。寝室からは、まるで身に覚えのない、注射器と覚醒剤が発見され、僕は緊急逮捕となり、留置場にぶち込まれた。

僕は、自分が誰に、何故、嵌められたのかを、留置場の檻の中で冷静に考えて見た。思い当たる人物、出来事をつなぎ合わせてみる。全ての人物の裏には、必ず、美香の存在があった。

……誰にでも……そんなに優しくしちゃ……駄目だよ……

広子の言葉が、頭の中をクルクルと回っていた。

――七――

留置場の朝は、七時から始まる。朝、七時に起床の放送が鳴ると、被疑者は、一斉に寝具を指定された場所に片付ける。檻から出された被疑者は、順番に洗面を済ませる。七時三十分から朝食の配膳が始まる。因みに、兵庫県警は、仕出し弁当が多い、大阪府警は、署内の食堂が朝食の準備をする場合が多い。食事の内容に関しては、兵庫県警の仕出し弁当の方が断然優れている。朝食の後、十五分間、運動の時間と云うのが設定されている。まぁ、運動をする奴も中にはいるが、大抵の被疑者は、髭をそり、そして一番の楽しみである、喫煙を済ませるのである。一日中で喫煙が許されるのは、この時間だけ。本数は二本限り。その日、朝の運動の時間が終わると、直ぐに担当の加藤刑事が僕を連れに、留置管理に姿を現した。

「慎也よ、どないや、ちょっとは、喋る気になったんかい」

僕は、真実を、在りのままに話した。

「あはは、慎也、お前、そんな供述で、わしらが調書巻くとでもおもとんか、お前はアホか、そんな夢見たいな、作り話なんか聞きたいないんじゃ」

僕は、それが真実であると、何度も、何度も加藤刑事に訴えた。

「そうか、分かった、ほんなら、お前が喋りたくなる迄、ゆっくり待ったるから、お前、今日の午後から、加西署預かりで、田舎の空気吸うて来いや」

加西市とは、何も無い北の農村地帯である。これで、刑事や担当の検察官の腹は見えた。彼らは、僕の話しを全く信用する積もりはない様だ。それなら一切、黙秘を貫くより他ない。僕は、一切口を固く閉ざし、国選弁護人が決まるのを待った。ところが、こんな交通に便の悪い北の田舎町に来てしまうと、誰も、早々、面会に訪れてはくれない。所持金も心細くなって行く中、僕は弁護士が決まるのをひたすら待った。しかし、一向に弁護士からの連絡が来ない。とうとう所持金は底を尽き、僕は、煙草さえ買えなくなってしまった。兵庫県警は大阪府警に比べ、確かに調べや管理は緩い、しかし、やり方は本当に汚い。奴らはギリギリ弁護士が決まる一日前に、僕の元にやって来た。

「分かった、慎也よ、お前のその話し、ある程度は、そのまま調書に書いたる、でもな、わしらにも立場がある、そんな無茶な調書巻いたら、上に怒られてまうがな、どないや、お前が薬を使った事には変わりはないんやから、使用だけは認めろ、ほんなら、今すぐ都会に連れて帰ったる。どないや、もう面会で、誰かに頼まな金も無いんやろ、ほら、買ってきたったぞ、吸わんかい。お前、もう煙草も無いらしいやないか、これを吸え、ほんでゆっくり考えんかい。な、使用だけは認めろ、認めて、もう楽にならんかい」

もともと、刑務所は覚悟していた。僕は、加藤刑事の条件を飲んで、終に、使用については、認める供述をした。加藤刑事と、主任の横山刑事が、二人して満足そうに頷く。

僕は、移送の準備を済ませ、加藤刑事と、横山刑事に連れられ、加西署の玄関を出ようとしていた。すると、加藤刑事が、僕の手錠を、玄関の扉、一歩手前で何故か外した。僕には、それがなにを意味するのか、理解できなかった。そして、外に出た途端、また、僕の両手首に、手錠がはめられた。

「丸山慎也、現在、午後二時四十分、麻薬取締法違反、使用の容疑で逮捕する」

留置場の拘留期間は、最長で二週間、こいつら、嵌めやがった。この二人は、僕を起訴するだけの材料を、捜査で固めることが出来ていなかったのだ。自分達の誤認逮捕を隠蔽する為に。僕を、自白に追い込んだのだ。

それが解った途端、何もかもが嫌になった。もう、どうでもいい。僕を嵌めた奴等に言いたい事は山ほどある。しかし、今となっては、何もかもが、もうどうでもよかった。総ては自業自得だ。毒を吐き、人を呪い、かと言って死にきれもせず、オメオメと、他人の人生を犠牲にし生きてしまった。全ては、自業自得なのだ。もう死のう。もう、誰と関わるのも嫌だ、死のう。護送車の車窓から、見慣れた国道沿いの風景を眺め、そんな事を考えていると、あの、消毒液の匂いが、仄かに車内に漂った。

起訴され、警察の留置場から拘置所に移送されたのが、丁度、その年のクリスマスイブの日だった。午前中から手続きを始め、最初の三日間は、所持品検査の為、全ての私物を没収される。誰が履いたかも分からぬ、黄色い染みの付いたパンツを穿かせられ、ドブネズミの様な灰色の囚人服に身を包まれると、覚悟はしていたものの、酷く落ち込んでしまう。

その夜、クリスマスイブの夕食には、小さなショートケーキがひとつ付いていた。暖房など一切ない、隙間風の吹きすさぶ独房で、震えながら、ショートケーキを食べる。

情けない。本当に情けない。どうして、自分はこんなところに堕ちてしまったのか。人様の物を盗んだ訳でも、他人に暴力を振るい傷つけたわけでも、増して人を殺した訳でもない。何故こんな目に、何故、自分だけが、この様な不遇を囲わねばならないのか。僕の墜落の螺旋は、何時、どこから始まったのだろう。

三日が過ぎ、強制的な禁煙にもがき苦しんでいると、所持品検査を終えた僕の私物が独房に運び込まれて来た。その日から、ひたすら、白紙のノートの前に座った。拘置所内の貸出書籍を隈なく読み漁り、心の琴線に触れる言葉を、全てノートに書き出した。

僕は、どこから来て、そして、どこに向かっているのか。なんの為に生まれて、なんの為に苦しまねばならないのか。拘置所での三ヶ月、僕は、命と、死について学び、やがて、近い将来訪れる、自分の死を、どう受け入れるのか、その事に、全ての時間を費やした。

僕は間違いなく、この拘束から、次に自由を与えられた時、死を選ぶ。もうごめんだ。こんな不公平で矛盾した世界に縛られるのは、もううんざりだ。しかし、自分に与えられた矛盾や、理不尽や不公平が、何故、今、ここに在るのか、もし、神が居るのなら、神は、自分に何故、この様な仕打ちをするのか。身に覚えのない、一方的なこの約束を、自分が神に押し付けられてしまったのは何故なのか。その日から、僕の、自分の過去を点検する、心の旅が始まった。

― 一 ―

拘置所では、判決待ちの未決者と、刑が確定した既決者は違う建物に拘置されている。未決者は、刑が確定するまではまだ被疑者であり、犯罪者ではない。つまり、被疑者である間は、既決者との処遇に雲泥の差がある。

未決者は書籍、新聞、嗜好品は、所持金さえあれば、ほぼ無制限に購入出来る。三食の食事で足らないならカップ麺などを買い込んでおけばいい。決して好きな物を食べられるわけでは無い、しかし、刑務所の様に空腹で辛い思いをすることはない。未決者の舎房は、まだ序の口だった。未決者の間は刑務官の態度も随分と違う。本格的に、自分がもう一般人ではなく、後戻りの出来ぬ受刑者であることを実感するのは、裁判が確定し、既決者の舎房に移され、受刑服の着用が義務づけられ、棚を埋めていたジュースやお菓子を没収され、殆どのものが自由にならなくなった時からである。

「主文、丸山慎也を、懲役、三年四ヶ月とする」
頭髪を丸刈りにされ、洗濯挟みの製作など、刑務作業を強制され、その頃から、いよいよ自分が受刑者であることに気づいて行く。
極寒の夜、消灯の後、僕は発作的に、靴下を括り繋ぎ合わせたものを、タオルを掛けてあるビニールパイプに括りつけ、首を吊ろうとした。するとビニールパイプにはそれが出来ない様にノコギリでパイプに切れ目が入れてあるのに気付く。そう、ここでは自分の命の行方にすら自由はない。

生きて償えと言うのか、誰に対して、何に対して、どう償えと言うんだ。僕が悪いのか、何が悪い、何処がどう悪いと言うんだ、誰か、誰か教えてくれ……

刑務所には幾つかの種類がある。先ずは非常に軽い犯罪で、再犯の恐れの少ない犯罪、例えば交通関係や、揉め事、喧嘩などによる軽微な傷害など、こういった受刑者の場合、刑務所には行かず、拘置所に留まり、拘置所内で、被疑者や既決者の食事や洗濯などの世話をしながら刑期を務める、当所執行と云うのがある。勿論、初犯者に限られるが、この当所執行に選ばれた場合、仮釈が、かなり多く認められる。場合によっては一年程、早く娑婆に出られる可能性がある。早く死にたい、死にたいが為に、その一心で、僕はこの当所執行を目指す事にした。死にたいが為に努力をする、怪しな話である。

当所執行の次に仮釈放が多いのが、昨今、民間企業と、国が協力して運営を行う半官半民のＡＡ級刑務所。ＡＡ刑務所の場合、刑務所とは呼ばず、社会復帰促進センターと云う施設名が与えられている。次は初犯者ばかりを集めたＡ級刑務所、その次は再犯者や、暴力団関係者が集められたＢ級刑務所、そして最後が殺人などの重罪により長い刑期や無期懲役の犯罪者が集められたＣ級、俗にロングと呼ばれる刑務所である。因みに死刑囚は刑務所には行かない。拘置所内にて死刑の執行を待つばかりである。

僕は拘置所内で、来る日も、来る日も真面目に過ごした。しかし、二度目の逮捕、再犯率の高い犯罪、僕は、当所執行には選ばれる事なく、社会復帰促進センターへと送致された。

昨年十月にオープンしたばかりのその施設は、何もかもが新しい。着用する物も全て新品、生地も、拘置所の時のボロ切れではなく、伸縮性のある着心地の良い素材だった。本来なら刑務所は、六人から、多ければ九人が同じ居室に押し込められる雑居房が普通である。しかし、雑居房では、人間関係の縺れから争い事が絶えない。刑務所で悪い仲間と知り合い、収容者の再犯率は更に悪くなるケースが殆どで、そういった観点からこの社会復帰促進センターでは、八割の舎房が独房になっていた。

某雑誌のランキングで堂々三位の厳しい施設。独房や衣服の新しさとは裏腹に、刑務官の厳しさは並大抵ではなかった。部屋の整理整頓は、タオル掛に掛けてある、タオルの四隅が一センチずれていてもいけない。居室で横になれるのは午後六時以降。それまでは、壁にでも凭れようものなら、即座に懲罰房行きである。

衣食住の内、衣と、住には恵まれた反面、食事に関しては酷いものだった。他の刑務所で暮らす受刑者との平等化を図る為だと言うが、兎に角、入所当初は特に酷かった。普通なら、業者がやる部分の調理まで、刑務官が受刑者を指揮して行うのだ。一番驚いた夕食のメニューは、ヒジキと米だけ、入所半年を経て、徐々に改善されては来たものの、あれは、あれだけでも刑罰として十二分に成立していた。

最初の半年は本当にキツかった。しかし、人間の環境適応能力とは優れたものである。半年も懲罰を受ける事なく模範囚を続けていると、周りが周りであるから、刑務官に何かと仕事を押し付けられる。その内、ドンドンと許される仕事は多くなり、最後には刑務官が僕に頼み事をして来るまでになって行った。そうなって仕舞えば、暮らしの中で、食事以外に不都合は無くなってくる。

入所一年を過ぎ、責任者の席に座る頃、僕は殆どストレスを感じる事もなく、自分と向き合い、内観を深める事に集中出来る様になっていった。しかしそれは、生きる事を前提としているのではなく、飽く迄も、如何に死を深く見つめ、死を受け入れるかの内観であり、心の旅である。

二年を過ぎる頃になると、文章は、読む事より書く事の方がウエイトを占める様になる。書いた物を読み返しては自分の中にある何かと照合を繰り返し、精度を上げて行く。正確に、より正確に、自分の思いを余す事なく、唯、残したい。それだけが、自分の最期の仕事なのだと頑なに信じて、僕は作業に没頭していった。

「慎也さん、そろそろですね」

この施設に入所当時、三段階に設定された矯正プログラムの、最期のグループミーティングが終了し、仮面接、本面接を無事に終えた僕は、仮釈放の日を待つばかりになっていた。

釈放準備舎房移動日は、当日の朝まで受刑者は知る事が出来ない。しかし、刑務官と仲の良かった僕は、三日前に、懇意にしていた刑務官の耳打ちで、自分の移動日を知る事が出来た。出所日から遡って一週間は刑務作業が免除され、出所準備者だけが集められる舎房で、社会復帰にあたっての講習がある。

その朝、朝食が終わると、担当刑務官が僕の部屋を覗いて来た。

「丸山、ご苦労やったな、二度とこんな所に来るなよ、直ぐにこの後、迎えが来るからお前はこのまま部屋に残れ」

担当刑務官はそれだけ言うと、他の受刑者を引率して工場に向かった。待ちに待った瞬間である。出所準備舎房は、ひとつのブースに、外部に繋がる一箇所だけが施錠されていて、後はフリーで行き来できる仕組みになっている。刑務所に入っていると、扉の開閉を自分で行う事がない。総ての開閉は刑務官が行うからである。社会復帰すると、このドアの開閉で戸惑う者が意外にも多いらしく、そういった観点から、この舎房に来ると、扉の開閉は自分でしてもよいと云う決まりになったそうだ。

部屋は今迄の房と違い、ちょっとしたビジネスホテルの様な内装になっている。

『もうすぐだ。もうすぐ死ねる。やっと死ねるんだ』

そう考えるといてもたってもいられなくなる。胸が焼ける様に熱い。もう四年近く経つと云うのに、身体は麻薬を覚えている。自分の意思とは無関係に、身体が、脳が、麻薬を求めている。こんな身体になってしまって、この先、生きていてよいはずがない。死のう。もう、終わりにしよう。

十月二十六日、午前六時。目覚めると、僕は何度も、何度もカレンダーを確認した。十月二十六日、間違いなく今日、本日をもって、僕の三年間の受刑者生活が終わる。最後の朝食を、今日の九時に一緒に出所式に出る連中と共にする。この中で果たして、何人が再犯を起こし、ここに戻るのだろう。まぁ死んでしまう僕には関係の無いことだ。

味気ない何時もの朝食が済むと、僕らは式のリハーサルを強要される。簡単には帰してはくれない。何処までも、何処までも、値打ちをつけ、再犯を防ごうとするのが刑務所と云う場所なのだ。

終に囚人服を脱ぎ、三年ぶりに普段着を着用する。何もかもが新鮮だった。会場に引率されると、もう五年ぶりになるだろうか、あの母が一人、ぽつんと会場の角に立っていた。随分と歳をとったものだ……母が小さく、小さく見えた。

出所式。名前を呼ばれ卒業証書の代わりに仮釈放の決定通知書を受け取る。少しでも威厳をつけて、ここでも再犯を無くそうと云う狙いだろう。仮釈放の決定通知書を受け取り施設長の話しが終わると、いよいよ娑婆に出る。真新しいエントランスを抜け、僕は紅葉が咲き誇る施設の玄関前に立った。そこにはもう、分厚く高いコンクリートの塀も、電流が流れる有刺鉄線もない。教育プログラム担当の、民間カウンセラーの先生方が見送りに現れ、僕に声を掛けて来る。

「丸山さん、答えは出ましたか」

「残念ながら……」

「ですよね、でも丸山さん、貴方のその考える姿勢は、決して間違ってはいないと、私たちは思っています、諦めずに答えを探してください」

母が呼んでいたタクシーに乗り、十分許り走ると直ぐに駅に着いた。駅のキヨスクであったかい缶コーヒーを買う。金を払って何かを買うと云う行為も、缶コーヒーを飲む事も三年ぶりだ。何もかもが新鮮で、何もかもが開放的に感じる。僕は、母と加古川線に揺られ祖母の待つ実家へと向かった。

街並みは、建物に掲げられた看板が少し変化しているくらいで、そう変わり映えはない。随分と変化があったと感じたのは、携帯の端末。最新式の携帯電話を買って直ぐ、僕の時間は三年間止まった。だから今、この手にしている端末は、傷ひとつなく新品同様ながら、もう三年前の型遅れの機種なのだ。

電池を充電して携帯を立ち上げてみる。何処にも異常はないようだ。僕はネットにアクセスをして電子書籍のサイトを検索してみた。この三年間、書き散らした文章を、どういった形で残すのか、散々に迷った。誰に読んで欲しいというのではない。ただ、何かを残したい。こんな糞の様な世間で、糞の様に生きた自分。小さくとも、たったひとつでも、何某かの反撃をしたい。そんな気持ちだったのかもしれない。

インターネットで検索して、トップに出てきたのが、ＤｅＮＥが運営するエブリスタの無料小説サイトだった。別に特別な理由で選んだ訳ではない。ただトップに出てきた、それだけの理由で、僕はエブリスタを選んだ。

仮釈放とは、まだ刑期を終えた訳ではなく、身分としては、依然として受刑者のままである。保護観察は絶対条件。この保護観察の間は、余程こちらの都合を聞いてくれる職場でなければ就職するのも難しい。僕の保護観察期間は七箇月。僕は持て余す程の時間の中、エブリスタでの執筆を始めた。

ＳＮＳサイトであるこのサイトでは、読者と作者がコメントの交換により直接コミュニケーションがとれる。これが僕にとっては画期的なものに感じられた。刑務所の独房で、一切、誰にも感想を貰うことが出来ない環境で書き続けて来た僕にとって、自分を晒し、それに対して、誰かの理解を得られると云う事が、こんなにも自分を楽にしてくれるとは思いもしなかった。

そこには、普段の生活の中では、巡り会う事の出来ない理解者が沢山いて、こんな僕を受け入れ、励まし、肩を叩いてくれる。名前も、住所も、性別さえも正確には分からない。けれど、そこには、ある意味、利害関係の介在しない、本当の仲間がいた。これが転機になり、僕は暫く、何もかもを忘れて、エブリスタの活動に没頭する。

その中で僕は、ひたすらに、自分の闇を浮き彫りにする文章から、何かを、誰かに伝える為の文章に転換していった。しかし、僕の中のもう一人の自分は、決して僕の心の隙を窺うのを辞めた訳ではない。依存症と云う武器を振りかざし、何時もの様に、虎視眈々と心の空虚を窺っている。出所してから暫くは、ＳＮＳサイトで交流する仲間のお蔭で死を忘れられていた。死にたい欲求、薬に対する欲求、自分を傷つけ、貶めたい欲求。それは勿論、今、この瞬間も僕の中を席巻していて、気の休まる暇などない。でも、僕は書く事で、それを読んでくれる仲間のお陰で、それと戦えていた。

僕は、執筆に於いての必要に迫られ、パソコンの職業訓練を受けることにする。それは対外的な僕の、社会復帰への第一歩だった。しかし、社会にある様々な誘惑に刺激され、僕の過去が、フラッシュバックが目を覚ます。パソコン学校を終えた頃から、僕は慢性的な体調不良に悩まされる様になる。心の隙間から声がする。

……死んで仕舞えばいいのに……

第六章　干天の慈雨

――一――


先日、北上してきた台風の影響で、その日は朝から暴風雨だった。

「こんな日に入学式か……」

介護職と云うものに正直、自分自身、興味が有るわけでもなく、また当時、さしあたって急を要していたわけでもない。祖母も、母も年老いて来た、そう感じたにすぎなかった。

僕は、少々、鬱々とした気分で、祖父が愛用していた黒いアーノルドパーマーの雨傘を広げる。この傘、非常に頑丈に出来ていて、こんな横風の酷い日には重宝するのだ。

予定では、駅まで徒歩で通学する積もりが、初日からバスを頼る事となる。この時間帯、市バスは五分に一本、僕は、煙草に火を点ける事もなくバスに乗り込み、ものの数分でバスは、ＪＲ朝霧駅のロータリーに到着する。バスを降り、改札を抜けると直ぐに普通電車がホームに滑り込む。僕は朝霧から二駅を乗車し、JR垂水駅のホームに降り立った。

依然、雨風は勢威を増している。もう、そろそろ警報が出ても良さそうなものだが、そんなふうに思いながら駅の階段を下りて行くと、僕の前方に、何かに迷っているのか、妙に歩くのが遅い女の子が居る。茶髪にギャルメイク、二十歳そこそこだろう、彼女は進行方向から東に逸れ、僕の前を歩き去って行った。

教室、これも駅から五分と掛からない。駅前のイオンモールの三階に臨時の教室が設けられているからだ。僕は暴風の中、しかしそう濡れることもなく、その教室に辿り着いた。席は予め決められている。荷物を足元に置くと僕は指定された席に着いた。

そろそろ入学式が始まろうかと云う時になって、急に慌ただしく入口の扉が開く。見るとそこには、さっき駅で見かけた女の子が、もう、この上もないと云う程にびしょ濡れになって立っていた。どうやら彼女は、僕と同じ、この介護学校の生徒であり、東口に所用でも有ったのか、ひょっとすると、場所を間違えたのか（後日、後者であると判明）兎に角、彼女、高山奈菜は、開始時間ギリギリに、この教室に現れた。

エゴイストの通販サイトから飛び出してきた様な、全身、攻撃的な黒を基調としたファッション。表情に少し影がある。それは、俄にこの教室に来ている、誰とも違う雰囲気であり、強く生きようと云う、彼女の心を端的に示していたのだろう。

彼女と僕の年の差は十八歳。明日香より二歳も年下である。当時、彼女は明石市在住。朝霧で降りる僕と下校の電車が同じだった。僕らは、毎日僅かな時間ではあるが、お互いの事を色々と話した。彼女には、五歳と三歳の娘が居ると云う。シングルマザーとしての生活と、育児と資格の習得。考えるまでもなく、その困難さは十分に理解できる。

「強くあろう」

彼女が言外に示すその想いは、ひとりでも、どんな事をしても、子供たちを立派に育て抜こうと云う決心から来ているようだった。復讐などと云うつまらぬ執着で、愛娘を不幸にした自分などとは大きな違いだ。僕は、何時しか彼女を、何かと気にとめるようになって行った。

夜、電気を消して床につくと、途端に依存症の症状に悩まされる。悶々と眠れぬ夜は続く。携帯を握り締め、ひたすらにエブリスタで明るく振る舞う事で、僕は自分を誤魔化した。しかし限界はもう、僕の直ぐ側まで忍び寄っていた。カラカラに干からびた粘土細工のような精神は、何かが少し衝撃を与えれば、粉々に粉砕してしまう程に潤いをなくしている。自問自答の日々、自分と、もう一人の自分が騙し合う日々。


「慎也君、もう実習で着る白のポロシャツとか、エプロンとか、用意出来てるん」

隣の席の愛美ちゃんが、授業中に小声で僕に質問をして来た。

「いや、まだ用意してないねん」

「どっか、安い所しらん」

「うーん、明石駅の近くに古着屋があるねんけど、あそこなら一着三百円で買えるけどな」

「わぁ、それ安いやん、ねぇ、連れていってよ」

「そうやな、俺も用意せなあかんしな、じゃ今日でも買いに行こか」

「あ、それ、私も行こっかな」

僕の前の席にいる奈菜が、何時にない笑顔で振り向き、小さく手を挙げた。僕らはその日、実習で着用する衣類を探しに行く事になった。

授業が終わり、奈菜は子供達を保育園に迎えに行く為、一旦、僕らと別れた。僕と愛美ちゃんは、ひと足先に古着屋へと向かった。購入しよと思う何点かを試着室に持ち込む、その内の三着程を、僕はレジの女性に手渡した。女性が商品の梱包を済ませ、発行されたレシートをレジスタから切り取ろうとする頃、僕の後ろポケットに無造作に突き刺さっていた携帯電話に、奈菜からのコールが鳴る。

「もしもし、どう、もう着く感じ」

「うん、もうすぐ、バス停やわ」

僕は、愛美ちゃんにそのことを告げ、まだ洋服を選んでいる彼女を置いたまま、バス停に向かう。

バス停に着くと、バスはまだ来ていなかった。もう癖の様なもので、何かを待つ時、僕は必ず煙草に火を点ける。十一月の雀色時。口から吐き出す空気は煙草を吸っていなくても白い。何度目の白い息を吐いたろう。辺りは闇を落とし、雑踏が夜に紛れ、ほんのり幽かな紫が残る空を、駅前の、歪なビルのシルエットが黒く切り取っている。バスのヘッドライトが交差点に進入してくる。大きな排気ブレーキの音。バス停に停車したバスは、エアサスペンションで車高を下げ、乗客を降ろし始めた。暫くすると。仲良く手を繋いだ三つの人影が見える。僕は携帯灰皿に、口に咥えていた、まだ長い煙草を押し込んで、その影の行方を目で追う。真ん中の奈菜が僕を見つけて微笑んだ。両脇の小さな二つの顔は、期待とも警戒とも覚束ぬ表情でこちらを窺っている。

始まりは何時も突然だ。青銅色の顔料と細い針で、痛みと共に刻まれる刺青の様に、この瞬間の色は、永遠と云う保証と共に、深く深く、海馬を通り越し、僕の脳の奥深くに彫り込まれた。遺伝子が持つ原始の記憶の様に。

――二――

生物の生きる目的は、その個体の意識以外の部分に真理があるのではないだろうか。何十億年、RNAは、DNAは、より環境に適したプログラムを、今も模索し続けている。たかだか二百万年ほどの歴史しか持たぬ人類が、どうしてその大いなる目的の影響を受けずに存在していると言えよう。どんなに足掻いてみても、人間ごときが、遺伝子の呪縛から逃れることなど不可能なのだ。遺伝子と云う化け物にとって、その個体の幸福や不幸などなんの意味も持たない。倫理も道徳も価値観も、その化け物は、個体の持つそれらとは関係なく、その個体の都合など、おおよそ全てを踏みにじり、自らの目的のためだけに、今日もこの止まらない時間の流れの中を、たったひとつの目的に向かって走り続けている。

「自分と、自分に内在された記憶を伝え、より優れた未来を模索する。伝えたい。それは自分の意思とは関係のない、遺伝子の意思」

何もかもを捨てて、何もかもを失って「死」その一点を見つめたとき、人間として抜け殻になった自分の中に残ったのは「伝えたい」それだけだった。きっと、それが生き物全てに共通する遺伝子の意思なのだろう。自分と自分に内在する全てを伝えたいと願う事、それが生き物の存在意義なのではないだろうか。

人は、何か意味があって生きているのではなく、生きて誰かに何かを伝えている、それだけで意味があるのだ。どんなに悲惨で、救い難い状況になって、どんなに死んでしまいたいと思っても、自分の意思とは関係なく、自分の中の遺伝子は、目的を遂げようとする。ただ、ただひたすらに、その天使にも似た純粋さで、内在する記憶を伝えたいと願い、その思いに枯渇する。

あの日、あの時、あのバス停で立っていた自分、それは通りすがる人達にはただの人に見えたろう。しかし、僕の中では依存症が暴れまわり、その肉欲の化け物に、もう抗う術を見失い、僕はまた、人であることを辞めようとしていた。死を前提に行動する寸前だった。

枯渇した肉欲の化け物。どんなに与えても、与えても、飽く事なき渇きを要求してくる化け物。僕の中の二つの砂漠。僕の意思とは無縁の肉欲の砂漠。僕の意思とは無縁の遺伝子の砂漠。その二つの砂漠にある、永遠とも思える程、地平線の果てまで渇ききった心の大地。その渇きに耐えられず、何時死のうかと考えていた時、その渇ききった不毛の大地に、あの日、あのバス停で、僕の心に、干天の慈雨が、降り始めた。

——三——

古着屋で研修用の着衣を購入した僕らは、そのまま少し早い夕食を摂った。最初、はにかんでいた二人だったが、そこは子供の事だ、長女の真奈は愛美ちゃんに、次女の有紀は僕にべったりで膝から離れようとはしない。とにかく奈菜は忙しい、きっと二人はそんな毎日の中で、寂しい思いをしていたのだろう。

そんな彼女らを通して、僕は会えなくなった自分の娘の面影を見ていた。笑わせたり、宥めすかせたり、トイレに連れて行ったり、昔、自分が父親だった頃にやっていた事、それは頭で考えるのではなく、自然に体が覚えていた。僕は改めて、この胸《むね》の裡《うち》に生きている、父親としての自分が居る事を知る。

奈菜は、僕がそういった行動を取ることになんの躊躇もないようだった。僕は子供らに請われるままに世話を焼いた。大昔に、どこかへしまいこんだ大切な宝物を、不意に見つけた時のような、そんな嬉々とした感情が僕を支配する。凍てついた、外面ばかりの笑顔ではなく、僕はこの日、本当に、楽しいと思い、笑顔になれた。

「執着を捨てろ」そんなふざけたことを言う宗教が世界には沢山ある。執着を捨てる等と人に求めるのは、魚に山登りを強要するようなものだ。何かに執着するのが、生きると云う事だろう。僕の中に有った生への執着、それが、あの日を境に、雪解けの鉄砲水の様な勢いで、僕の中から溢れ始めた。

「伝えたい……」

遺伝子の中の原始の声が僕を操る。僕は気持ちの赴くままに真奈と有紀に吸い寄せられていった。奈菜は、そんな僕の行動をただ微笑んで見ているだけだった。腹を空かせた迷子の子犬に、慈愛に満ちた細い目で、餌を与える時の少女の様に。

――四――

それから僕らの距離はどんどんと近くなっていった。しかしある日、やたら子供と遊びたがる僕に奈菜はメールを寄越した。

「ねぇ慎也くん、うちの子供らを通して、自分の娘を憶うのはやめて、あの子達は慎也君の会えなくなった娘とは違う人間なんよ、別人なんよ。あの子達と仲良くするなら、真奈として、有紀として可愛がってあげて欲しいねん。そんなふうに、何時までも過去に縛られてたらあかんで、過去は反省したら、もうそれでいいやんか」

そんなメールを貰ったのが、クリスマスの少し前だった。僕は、クリスマスの直前から、奈菜との交際を始めた。しかし奈菜の現状を知るにつれ、僕は何度も彼女から離れる事を考えた。奈菜の前の夫は僕と同じ四十代。結婚しているにもかかわらず、それを隠したまま奈菜に近づき、奈菜を妊娠させ、前妻に請求された離婚の慰謝料を奈菜に支払わせ、挙げ句、仕事もせず遊びまわり、借金は千五百万を超えると言う。まぁありがちな話である。

田舎の娘が都会に出て、水商売のアルバイトに行き、客に食われたパターンだ。だが、どんな男であれ、子供を可愛いと思うなら、子供に対して責任を持とうとするなら、それは子供たちにすれば、立派な父親である。僕にとって一番大切なのは自分の恋愛感情より子供たちの将来だった。

奈菜は中途半端にこの男とのつながりを続けていた。彼女に絶縁する意思がないのなら僕の出る幕はない。僕らはこの男の事で喧嘩を繰り返した。奈菜の脇の甘さは尋常ではなく、これだけコケにされているにもかかわらず、まだどこかでこの男を信用している節がある。僕は普通の人間ではない、アンダーグラウンドを歩いてきた人間だ。だから、この男のやった事も、これからやろうとする事も手に取るように解る。この男は、黙っていれば、奈菜を骨の髄までしゃぶり尽くそうと考えている筈だ。この男は、子供たちにとっても、百害あって一利も無い。僕が一旦アンダーグラウンドに顔を出せば、こんなチンピラの一人、どうにでも出来る。中国マフィア系の人間を動かして、どうにかして捕え、痛めつけ、代償を支払わせてやろうかとも考えた。正攻法でいくなら、数々の詐欺行為を立件して、刑務所に堕としてやろうかとも考えた。しかし、この男は、害虫でありながら同時に、この子達の本当の父親でもある。僕は、自分の父親が犯罪者であることで人生に大きな制約を受けて来た。この男を堕とすのは簡単だ。しかし、この男を犯罪者にしてしまえば、この子達の将来に暗雲を撒くことになる。答えが見つからなかった。逆に考えれば、僕が居なければ、奈菜は騙されながらも、適当に生きていくことが出来るのではないだろうか、もしかすると邪魔なのは、自分の方ではないのか、そう考え出した辺りから、僕はまた精神のバランスを崩し始める。

第七章　乖離の再発

【アロマリキッド。本品はアロマオイルです。決して人体には使用しないで下さい】

――一――

化学式を調べてみる。酷いもんだ、法律の目を掻い潜るうちにこんな恐ろしい化学物質を使用するようになっていたのか。こんなものを身体に入れるのは、自殺行為以外のなにものでもない。

奈菜と喧嘩別れをした僕は、家に帰ることなくインターネットカフェに居た。パソコンのモニターに映る、毒々しい様々なパッケージを見ながら、僕は思う。そのモニターが置かれているスライド式のテーブルには、精神科で処方された精神安定剤が袋ごと無造作に転がっている。じり貧だった。薬が切れたら、もう駄目かもしれない。微睡みから覚め、安定剤が切れる僅かな間に、時間の延長をしにフロントに向かう。もう何時間、否、何日経っているのかも分からなくなってきた。消毒液の匂いが、また、そろそろと近づいてくる。

……死んで仕舞えばいいのに……

限度を遥かに超える安定剤を口に抛りこんだ僕は、あの場所に居た。悲しみも、苦しみも、そして痛みも無いあの場所には何時もの様にピンホールが在り、そのピンホールから、僕は世界を見ていた。

視界は、自分の意思とは関係なく、どんどんと動いて行く。駅、車窓、流れるビルの群れ。嗅いだ記憶のある匂い。くすんだ排気ガス混じりの空気。横断歩道、派手なメイクの女、ムスクの香水。誰かが運転する車に乗っているように、流れる景色も物事も、全てが自分の意思とは乖離した動きをしている。考える事も、判断することも、自分から遠く離れた場所で行われている。止まらない、否、止めようとも思えない、もう駄目なのか。分厚く、大きな掛け布団で包まれるように、ピンホールからの視界と音が途絶えると、僕はまた、廃旅館に来ていた。

「また此所か……」

液体でも、気体でもない、鬱陶しい何かが體《からだ》に纏わりついてくる。見上げると、そこには果てしない闇が、以前にも増して厚く堆積している。まるで、何千メートルもの地下から、澱《もの》が沈殿した硝子水槽の底を眺めているようだ。

そこには不確かな質と不安定な質しか存在していない。何もかもが信じるに価しない世界。相対する値のない世界。斜めに傾いた畳。痩せぎすの彼女は、相変わらず、その極寒の部屋の凍てついた障子に凭れて座っている。上下左右、隙間なくミシミシと詰め込まれた闇に包まれた部屋。誰に知られることもなく、誰に理解されることもなく、父が、僕に振るう暴力の盾になるためだけに生まれ、父から血まみれで僕を守り、何時しか僕に必要とされなくなり、此処に、閉じ込められた女。

……死んで仕舞えばいいのに……

170度か、否、178度位か。微妙なズレを残して僕の視界が入れ替わる。薬がある。手を伸ばせばすぐそこに。あぁ、楽にさせてくれ。重りを付けられ、有刺鉄線で吊されるような苦しみはもう沢山だ。こいつに関わるのは、もううんざりだ。何処までも、何処までも、何時までも、何時までも、僕の中で自分を主張し続ける女。憎い、何もかもが憎い。

ここに来ると僕は、いつも彼女の膝を枕に震えている。寒さと恐怖と不安にだ。彼女は僕を、逆光の中、垂れ下がった艶のない黒髪の隙間からじっと凝視《みつめ》ている。

父は虐待の象徴であったし、暴力の象徴でもあった。家を出て、父がいない環境下になってから、僕に対する直接的な暴力はなくなったかもしれない、社会には法律と云うものがあり、それはおしなべて、当たり前に人間社会の、個人の生命を、平均的には守ってくれる。僕にはそれで十分だった。それ以上の暴力には、暴力なり、知力で対抗すればいい。父の様に、圧倒的に僕の生命を脅かす存在はいなくなった。

しかし、喪失感と云うものは、何も自分に利益のあるものに対してだけに限られ発生するものではない。父の虐待。命の危険。必死で逃れようとした、そんなものにも、ある種の喪失感は必ず存在する。

自分の意思とは関係のないところで、自分の全権利を奪われたまま暮らした十五年間。その環境に対する慣れと習慣は、喪失感と云う形で僕の中に残り続けた。子供時代に刷り込まれた、その慣れと習慣は、今でも何処か見えない場所から僕の一部を支配しているのだろう。何かに、命の危険に脅かされていることに、安心を感じる。何かに、自分の全権限を支配されていることに安堵を感じる、あの凡ゆるものが微細にずれた、相対性のない和室で座る彼女の冷たい膝は、僕にとって、その捻じ曲がった感情の象徴なのかもしれない。

父から離れ、僕は命の安全と自由を得た。しかし、僕の歪に成長した精神は、そんな環境では、逆にバランスを崩してしまうのだろう。父の暴力から、僕を守るためにだけに生まれた、僕の中に居るあの女。父から遠ざかり、用済みになった彼女に与えられた次の課題は、内側から僕を虐待し、追い詰め、僕の精神に、安定を与える事だったのかも知れない。

彼女が僕の中から消えないのは、それが、潜在意識に於いての、自分の望みだからなのかも知れない。

罪を犯し、その罪の深さと、罰の不安に震える度に、安堵を得ていた。誰かを傷つけ、その罪深さに震える度に、安寧を得ていた。それは、そうする事を、僕が、僕自身の中でそう望んでいるからなのだ。

なんの前触れもなく、大きな振れがその空間を襲った。しかし、物体が振動する時に発する、凡ゆる摩擦音は、そこにはなく、静寂の中、硬く激しい振動だけが続く。

割れた、粉々に崩れた。それは、朽ちかけたこの部屋が崩れたのではなく、自分を含め視界そのものが粉々になる感じだ。

埋もれた砂から顔を出した様に視界が戻る。パソコンのモニター。テーブルの上に散乱する精神安定剤の横には、あのパソコンのモニターに映し出されていた毒々しいパッケージの脱法ドラッグが、未開封のまま静かに横たわっている。僕は、粟立つ肌に急かされて、それらを鞄に放りこみ、伝票をつかみとるとネカフェのレジに向かった。時間の感覚が、記憶が、全く欠落してしまっている。

こんな事……ここまで記憶が……長時間、無くなるなんて……

それは、僕にとって、今迄で一番長い、そして、一番酷い、解離性同一性障害の再発だった。

第八章　涅槃

――一――

「命が惜しいなら手を引きなさい」


先生との出会いは、今から二十二年程前、行き付けであるスナックのママ、楓《かえで》がヤクザに騙されかけているのを知り、その組の事務所に話を付けに出向いた時の事だった。無事話し合いが成立し、その帰り道、楓が、妙な事を言い出す。

「慎也くん、慎也くんって、妹さん居た」

「え、居ないけど、ってか変な質問やな、なんで居る、じゃなくて居たって過去形になるの」

「いや、居たとしたら、もう亡くなっているのかなって」

「どういう事」

「私ね、そういうのが、なんとなく見える方なんよ。慎也くんの中に女の子が見える。だからてっきり、妹さんかなって」

肌が泡立つ中、僕は、大体その言葉で、彼女が見たものの察しはついた。

「あぁ、なんとなく、解る、知ってる」

「ねぇ、今日、お世話になったお礼に、好い人を紹介してあげる」

それから、三日程して、彼女から連絡があった。

「明日の昼くらい、時間、大丈夫かな」

「あ、ごめん、明日はちょっと、予定があるねん」

「あはは、やっぱり。でも大丈夫。先生が大丈夫って言うてたから。じゃ、明日、出る前に電話してね」

そう言うと楓は、僕の言葉を待たずに電話を切った。元々、少し変わった気質の彼女である。僕はさして気にもとめず、そのまま布団の中に入った。

翌日の朝、僕は予定通りに準備を始めた。お得意様の意向で、僕は地元の神戸を案内する事になっていた。名古屋にある、老舗瓦メーカーの社長とその婦人。こういう書き方をすれば聞こえは良いが、名古屋から観光に来ていた二人連れの女を、連れがナンパした。連れから連絡があり、三宮に出向いてその片割れを抱いた。処女だった。そして金持ちだった。彼女は僕が扱う商品を幾つか購入してくれた。両親に会って欲しいと彼女は言う。会って損はないだろう。ただ、それだけの事だ。

ところが、起床して間もなく彼女から、今日は都合が悪くなったとの連絡が入った。

「妙だな、あれほど念を押されたのに、先方からキャンセルをして来るなんて」

そして、その電話を切った直後、再び電話のベルが鳴る。

「慎也くん、何時にこっちに来れる」

「おぉ、えらい絶妙のタイミングやな。そうやな、予定が無くなったから、後、一時間もすれば行けるかな」

それは、すっかり忘れていた楓からの電話だった。僕はシャワーを終え、メンズニコルのコートを羽織った。一九八二年型、カマロZ28に火を入れ、煙草を二本、灰にする。もうそろそろ買い換えるか。暖気をしないと直ぐにエンジンが止まるし、助手席のパワーウィンドウが壊れて開かない。まぁしかし、そんな雑な作りに惚れた部分もあるのだが。シフトをドライブレンジに入れる。トルクコンバーターの大きなショックがシートに伝わる。十分に暖気を行ったカマロは、楓が住むマンションに向かい、元気よく走り出した。

楓のマンションは僕の自宅からに二十分程、西に走った所に有る。車を路上に駐車し、マンションの階段を上がる。そしてインターホンを押すと、楓は待っていましたとばかりに玄関を開け、僕を中に招き入れた。

楓には、敏郎と云う彼氏が居た。ヤクザ者ではないのだが、くだらないヒモの様な男だ。店の番犬の様に、いつもカウンターの隅でひとり、水割りをチビチビとねぶりながら楓の仕事が終わるのを待っている。僕を招き入れると云う事は、今、敏郎が留守だと云う事だ。

「ねぇ慎也くん」

キスはいきなり始まった。少し加齢臭がする。昨日の化粧の匂いも。本当に人間と云う生き物はくだらない。キスが終わる頃になると、もう玄関の鍵穴に鍵が刺さる音がする。敏郎は、どうやらタバコか何かを買いに出ていただけの様である。

「おお、慎也、来てたんか」

敏郎は平静を装っているが、僕と楓の微妙な関係にはもう気づいている。しかし、事を荒立てれば追い出されるのは自分だと理解しているようで、だから何も言わず気付かぬ振りを決め込んでいる。

「慎也くん、はい、これ、先生の電話番号、先生ね、今日の夕方から、関東に出掛けるらしいから、なるべく早く行って来てね」

「え、俺、ひとりで行くの」

「うん、本当はついて行くつもりやったんやけど、先生が、来ちゃダメだって」

霊能者、それも、この楓が太鼓判を押す腕利きの能力者、もちろん興味はあったのだが、しかし、春日野道辺りまで、このリッター三キロのカマロで、ガソリンを無駄にしながらひとり、訪ねて行くのがどうにも億劫になった。

「そっか」

僕は楓からメモ書きを受け取ると、生返事を残して楓の部屋を後にした。別に今日じゃなくてもいいだろう。僕は適当な言い訳を頭に思い浮かべながら、楓から貰ったメモにあるダイヤルを押す。

「はい、もしもし、丸山慎也くんね、そんな所で言い訳を考えている暇があったら、さっさとこっちに向かいなさい、私、忙しいのよ」

これが、先生の僕に対する、第一声だった。少し驚きはしたものの、声のトーンで心を読まれたに過ぎないと考えた。僕は改めて、車の調子が悪いので、またにして欲しいと慇懃に言葉を並べる。

「大丈夫よ、直ぐにそっちを出なさい、昼までに、来れるから」

昼までに来いでは無く、来れる……

なんだか、いちいち心を読まれているようで、どうにも会話が噛み合わない。しかしこの押しの強さに負けて、僕は再びカマロに乗り込み、ハンドルを阪神高速のインターに向けた。

阪神高速、高丸インター。東行きは、いつもなら必ず、数キロから、酷いときでは十キロ以上の渋滞表示が、電光掲示板に表示されている。しかし、その日、電光掲示板に、渋滞情報は書かれていなかった。

「珍しいなぁ」

僕は、何時もなら高速には乗らない、混んでいる以前に、左ハンドルのカマロは、右側助手席の窓が壊れているのだ。この時代、左ハンドル用の料金支払機など、まだ料金所には存在しない。つまり、高速料金の支払いには、窓が開かないため、いちいち車から降りて支払いを行わねばならない。しかし、今日は珍しく道が空いているし、時間制限もある。僕は、高丸インターから高速に乗り入れ、春日野道を目指した。

須磨の料金所に近づき、僕は何気なくパワーウィンドウのスイッチを押してみる。

キュルルウィイイイン

壊れている筈の窓が、なんのストレスもなく開くのである。僕はこの時から、少々薄気味の悪い思いに捉われる。平日の午前、何もかもが順調過ぎるのだ。普段なら四十分から一時間は掛かる道程を、僕は、実に、二十分余りで春日野道のガード下に到着することが出来た。

楓のメモにある簡単な地図を頼りに、僕は先生の自宅を探した。先生は、平屋建ての古いアパートに住んでいた。僕が玄関に立つより早く、その立て付けの悪そうな、ベニヤで出来た扉は開いた。

「いらっしゃい、ね、言うた通り、着いたでしょ」

玄関先で僕の足音に耳を澄ませていたのか。しかし、もちろん初対面である彼女に、僕の顔が分かるはずがない。楓に写真を渡した記憶も、もちろん無い。そんな先生に促され、僕は彼女の部屋の敷居を跨いだ。

篠原麗子。実年齢は三十歳前後だろう。年齢から、先生と呼ぶには若干の若さがあるのだが、しかし、その美貌は、その若さを補って余りある貫録があり、その端正な顔立ちには、日本女性の美点が全て用意されていると言っても過言ではない。着物がこれほど似合う女性を、僕は未だかつて見たことがなかった。

「大体のところは楓と恵比寿さんに聞いていたけど、ふーん、貴方、厄介ね、腰にぶら下がってるよ、色々なもんが」

「恵比寿さんて」

「そう、西宮恵比寿よ、知ってるでしょ」

「あの、先生の話しは、どうも突拍子なくて、その、もう少し、説明を省くのやめてもらえませんか」

「あはは、恵比寿さんは、まぁ、私のデータバンクみたいなもの。恵比寿さんからもらった情報を元に、悩みを抱え、ここに来る人にアドバイスをする、それが私の仕事」

　彼女はあっさりと、そんな、俄には信じがたい説明を僕にすると、また直ぐに本題に突入しようとする。

「でもね、感謝しなさい、恵比寿さん、貴方の事、色々と気に掛けて見守ってくれている、貴方は少し、特別」

「特別……」

「そうね、貴方は、出来損ない。出来損ないなのよ、人間として」

「先生、意味がイマイチ……」

「本質を言っているだけ、そうね、私を支えて下さっているのは、蛭子命。古事記に於いて国生みの際、イザナギ（伊耶那岐命）とイザナミ（伊耶那美命）との間に生まれた最初の神。しかし、子作りの際に女神であるイザナミから声をかけた事が原因で不具の子に生まれたため、葦の舟に入れられオノゴロ島から流されてしまう……どう、何か感じるものはない」

「不具の子……それはつまり、出来損ない……」

「そう、貴方が抱えている心の闇、それは蛭子命の抱えている闇と同じ質《もの》なの」

「……」

「蛭子命は、貴方がこの世に生を受けたその時から、ずっと貴方の事を見ていたのよ。そうね、貴方、去年は兵庫の柳原恵比寿に参拝に行ったでしょ。お賽銭の金額は、あはは、ケチねぇ、五円しか入れなかったんだって。その時に連れていた女の子、左の太腿の内側に火傷の跡があったでしょ」

確かに、祭りの帰り、ホテルで抱いた女は、ベッドに入る前、自分には醜い火傷の痕が、右太腿の内側に残っているのだと告白された記憶がある。僕の全身は、それを聞いた途端、一気に泡立った。

「先生、じゃ神様は、あの膨大な数の参拝者の一人ひとりが、幾ら賽銭を入れたかを把握している訳ですか」

「もちろんよ。彼らは、時間の中で変化する事象、全てを把握してる、それが神と云う存在の役目だもの」

偶然では解決できない、今日の出来事と先生の発言。勿論、占い師は仕事として依頼者の凡ゆる側面を調査する。依頼者は、自分の戸籍謄本など、私的書類を勝手に拝見されているなどとは夢にも思ってはいない。占い師の占いが当たると感じるのは、この事前調査、そして、本人の口から、本人に気付かれないように、本人の情報を取り出す技術。昨今流行りのメンタリズム、これらは、マジシャンや占い師、或いは詐欺師の手法を総合的に取り入れ、ペテンを技術として昇華させたものだ。つまり、不思議でもなんでもない、単なる技術であり、京極夏彦氏の決め台詞の通り、「この世に不思議なものなど無いのだよ」と云う事だ。

「その、膨大なデータがあるから、占い師は未来を予言出来るんですか」

「未来を占う基本は、現在の情報。占いは解析の技術よ。彼方、ハイデッカーと云う哲学者を知っている。彼はそれまで、時間は過去、現在、未来へと流れるものだと考えられていた定説を覆したわ。未来は常に過去に拘束された存在《もの》。つまり現在は、未来から過去を観察しなければならない。現在は常に限定されてしまった過去により拘束された幾つかの未来を選択することでしか存在し得ない。例えば、それまでの経緯を考えると、私が、明日の朝目覚めた時に、金魚になっている可能性は、ほぼゼロに等しい。特別な、そうね、素粒子の世界なら、そんな事も、あるかもしれないけれど、私たちがこの五感で感知できる範囲の世界で、私が明日の朝、金魚になっている可能性はない。それは何故か、それは、私が、父の精子を受精した母の卵子から育ち、人間として、この世界に誕生したと云う過去があるからよ。この過去が、私の未来を拘束している限り、私は金魚にはならない。つまり、初期設定を詳しく調べれば、粗方の未来は予測出来るのよ、人間の五感程度の世界ではね。でもね、幾ら人間ごときが、スーパーコンピュータを駆使して未来を予測したとしても、到底、神仏の解析能力には遠く及ばない。彼らは人間ごときには想像も出来ない知識と技術を既に持っていて、それは、この有機生命体、肉体を離れた場所で行われ、存在し、蓄積されているの。彼らは、私たちより遥かに確実な未来を予測出来る、それが、彼らが神仏と敬われる所以よ。まぁ、解らないでしょうけど、伝えるだけは、伝えておく。貴方の未来は、神仏にもある部分、解析ができないのよ。出来損ない。つまり時間の狭間で生まれたバグのような存在が彼方よ。だから技術者である神仏は、貴方が、何故出来てしまったのかを常に観察している」

「バグ……」

「そう、予定にはなかったアクシデント、或いはハプニングね、貴方の中に居るその化け物、それは本来、人が抱えるべき質《もの》じゃないわ」

「人が抱えるべき質、じゃない」

「そうよ。でもね、そんなに珍しいってわけでもないのよ。よく居る、猟奇殺人の殺人者や、サイコ野郎、彼らの多くは、その体内に化け物を抱えている」

「じゃあ、僕もその類いだと」

「本質的にはね」

「本質的」

「そう、本質的には、彼方は外道の類いね。ただ貴方の場合、少し違う。貴方は、化け物をその肉体の檻に閉じ込める事が出来ている。人として破綻する事なく。貴方は、そうね、核の廃棄燃料を抱えているようなものなのよ。それは、絶対に隔離しなければならない存在《もの》、もし開放、或いは遺棄してしまえば、貴方も、貴方の周りも、全てを巻き込んで破滅させてしまう。彼方の中の化け物を捨てる場所は、残念ながらこの世の、どんな場所にも無いわ。そして貴方の中に居る化け物は、貴方を誘導し、周りの悪い気を集め、ありとあらゆる煩悩の火で貴方を誘惑し、貴方と云う肉の中から、貴方を支配しようと試みる。化け物を抱えている殆どの人間は、被害の大小は別にして、殆どの場合、誘惑に負け、自我を外へ解き放ち、破滅して化け物に喰われてしまう。喰われてしまうのは、当たり前と言えば当たり前。だって、人の中に化け物の種を蒔いているのは、他ならぬ、技術者である神仏自身だもの。神仏は必要に応じて不幸や惨劇を生産する。それは、そうね、上手くは説明できないけど、バランス。ある意味、この世界の食物連鎖に似ているかもしれない。光と影はお互いがお互いを食い合いながら存在している、交わることなくね。ところが貴方の中では光と影が共存しているの、それは神仏のプログラムにはなかった現象。だから貴方は、神仏に注目されているの、想定外の存在としてね、だから貴方は、命が惜しければ、自分の立場をよく認識する必要があるわ。貴方はバグ。想定外の存在。神仏のシステムの邪魔と判断されれば、貴方は排除され抹殺されてしまう。この場合の命は、今世の命を指すんじゃないわよ。人は、外見や環境は変わっても、一度生まれた属性は永遠に無くなる事はないの。生まれ変わり、輪廻転生を繰り返し、存在し続ける。しかし、貴方はバグよ。プログラムに有害と判断されれば永遠に排除されてしまう。つまりもう二度と生まれ変わることなく、消えてしまう。しかしね、神仏が貴方を、偶然生まれた有益なプログラムだと判断した場合、貴方は、ある意味、神の類になるかもしれない。不具であった蛭子命のように。だから貴方は、涅槃を目指しなさい」

――二――

人はそもそも悪であると、誰かが何かの本に書いていた。誰が書いたかは問題ではなく、問題は、それが事実であると云う事の方だ。精神の中心は、淀みない純粋な暗黒なのだろう。そこは、誰がなんと言おうと、自分だけを尊ずる、唯我独尊の世界である。その最も滔々《とうとう》たる純黒の自分が欲する質《もの》に、人は人生を拘束されている。それは何故か、それは、その拘束の中で、どのように生きるのかが、人生の課題だからではないだろうか。

あれから二十数年、しかし、春日野道の駅前は、昔の面影がそのままで、阪神電車の寂れたガードを掠める冷たい風の匂いは、あの頃と少しも変わってはいなかった。

ネカフェを出た僕は、まるで何者かに引き寄せられるようにして、あの先生のアパートに向かっていた。寂寥の中、記憶を辿る。あの時有って今は無いもの、記憶の中の風景とこの眼前のリアルを重ね合わせあのアパートを探す。

彼女は、相変わらず、朽ちかけたあの時のアパートに住んでいた。気の利いた小説なら、二十年経っても、若さを失わぬ、美しいままの彼女が玄関先に姿を現したりするのだろう。だが、ここは現実世界であり、巫女であろうと、霊能者であろうと、そんな奇跡は起こらない。エミー細胞とは違い、健常な細胞は分裂の回数を制限されている。そんな生き物の約束事を違えられるのは、御伽噺の中だけである。

時間は彼女の若さを盗んでいた。しかし、物理的に奪われるもの以外、彼女は何ひとつ失ってはおらず、それどころか、齢いを重ねる事で得るものは、還って彼女の生物としての美しさを高めているのかもしれない。推定で五十代前半、彼女は、あの当時とは異質な美しさを纏い、玄関口に現れた。連絡をした訳ではない。得体の知れぬものに流されるまま駅を降り立ち、昔の記憶にある道程を辿ったに過ぎない。しかし彼女は、相変わらず、主語が抜け落ちたような、直接的な言葉で、昔のまま僕に話した。

「忠告したはずよ、貴方は涅槃を目指しなさいと」

古ぼけた平屋のアパートの玄関にはそぐわない、凛とした、絶対的な存在感が僕を威圧する。先生は何も言わず奥に入った。それに導かれる様に、僕も室内に入る。二十年前の記憶が蘇る。それは鮮烈と云う言葉そのままにだ。何故だ、何故こうまで鮮烈に過去の、この部屋の記憶が蘇るのだろう。それは、この部屋が、寸分違わず二十年前のままだったからである。そのまま、それはそう、微細な埃や、壁の傷み具合、そんな細やかなディテールまで、全てに変化を感じられないのだ。時間が止まっている。僕はその時、そう錯覚した。

「よく、生きていたわね」

先生の瞳の黒が僕の視界の全部になる。

消毒液の匂い……長椅子……障子の部屋……あぁ……そうか……そうだった……

あの日、体積する暗黒の向こうに僅かな光が見えた。そう、僕は、それを目指した。何がそうさせるのか、はっきりとは理解出来ない。殆ど衝動とか、本能と呼ばれる説明し難い感情だ。僕は感情の奴隷となった。どれくらい掛かったろう。光がそこに確かに存在すると云う確信を得るに至る。僕は必死で浮上しようと藻掻き、足掻き、そこへと泳ぐ。空気でもなく水分でもない、光を一切通さぬ筈のこの海の底から見上げた空に見えた光。それは白い小さな掌だった。視覚、味覚、聴覚、触覚、嗅覚、僕の凡ゆる感覚はその小さな掌を知っている。それがなんであるか、また、それが自分に何を齎すのかも。それに僕は飢えていた。焦がれていたのだと思い出す。僕は、僕は、生きたい、生きていたい、生きて、そして、自分を伝えたいのだ。

僕は振り返った。あんなに時間を掛けて浮上した筈が、彼女はそこに居た。彼女の手が僕の、それは身体ではなく心の何処かを握り締める。途端、蘇ったのは欲望。醜い欲望。性的で、倒錯した、卑猥で猥褻な、甘味な、刹那の思い出。何故、何故こんな事に、何故こんな事に、僕の胸は高鳴るのか。下半身を切り取りたいくらいに情けなく、卑猥な狂気は、しかし、それが自分の、人生の大半であったことを物語る。背徳を得ること、その疼きを埋める為に燃やしたもの、腐った情熱、爛れた偽善。

「煩悩の火を消せないまま、その手を握っては駄目」

先生の言葉は二十年の時間の隔たりを飛び越えたまま続く、久しぶりです、あれからこの様に紆余曲折があり、そんな説明を一切必要としない、この部屋の時間が確かに止まっている感じがする、二十年前の続きの様だ。

「今、貴方がそこにすがれば、貴方はきっと後悔する。化け物の餌になるだけ、それでもいいの、貴方の偽善がまた誰かを悲しませる。それでもいいの」

僕は躊躇う、その手を握る事を。その小さな手を、握る事を。しかし、そんな僕の頸にその小さな手は、お構い無しに絡み付いてくる、そう、お構い無しだ。僕の立場も事情も感情も何もかもお構い無しに、ただ、純白の要求を求めてくる。傲慢だ、傲慢この上ない、混じりけのない傲慢さで、ただ、ただ、真っ直ぐに僕を、僕の存在を必要としてくれる。

突然、僕の中の何処かを掴んでいた彼女の腕に力が籠もる。鮫に食らい付かれたかの様に僕はまた深い闇に引き摺られる。しかしその一方で、僕の頸に絡み付いていた掌は僕を離そうとはしない。引きちぎられる、そう思ったその時、その小さな手はスルスルと延び始めた。飽くことなく、怯むことなく、諦めることなく、掌は、僕に寄り添い、闇の中を降りてくる。その掌から流れ込むのは、純然たる欲だ。「慎也くん、おなか空いたー」生きていく為に。「慎也くん、これどう云う意味か教えて」学ぶ為に。「慎也くん、一緒に寝ようよー」愛を満たす為に。汚れのない本質的な、そして傲慢とさえ言える求愛、僕はそれに、それに、応えたいんだ。どうせなら、どうせなら、お前達が、僕の全部を喰らい尽くしてくれ。

「涅槃にたどり着かぬままその掌を握れば、貴方は今までに無い執着を得ることになる、その執着は、貴方に、息つく間もない苦難と後悔を与える。貴方の周囲の全てを巻き込んで、その執着を得た代わりに、貴方は奪われるわよ、貴方が大切にしている、他の何かを、奪われ続けるの。それでもいいの、それに耐えられるの」

僕の中心を掴んでいた彼女の握力に陰りが見える。諦めたのか、否、そうでは、あるまい、何を企んでいる。僕は三つの掌を握り、そしてそれに抱かれた。先生はもう振り向きもしなかった。

「忠告はしたよ、後は何があっても自業自得、了解したら帰りなさい」

先生は言っていた、もし間違えれば、貴方は永遠にこの世界から消えてしまうと。修正されるのではなく、削除されてしまうのだと。解るようで分からない。この三千世界から自分の記録が消えてしまうことが、いったい、どう云う事なのかなど。

「慎也くん、早く帰ってきてよ、真奈さびしいよ」

先生のアパートを出て携帯を開けると、子供たちからのメールが来ていた。帰ろう、帰ってきちんと決着をつけよう、何を、どう選択する事になるとしても、仮令、その果てにどんな結果が待っているとしても、必ずあの女と、決着をつけてやる。

第九章　蟻と螽斯《きりぎりす》の別れ

―一―

ここに来た頃にはまだ、春の日差しの下、子供達とこの川辺で雑魚を追い戯れていたと云うのに、夢前川に茫茫《ぼうぼう》と生い茂っていた薄《すすき》はもう、その透明を増してきた冷たい川面に力なく俯いている。

県営住宅に当選した僕らは、引っ越しを間近に控えていた。そもそも、結婚するまでは同棲はしない約束を、僕は奈菜の両親と交わしていた。しかし、その約束は諸事情から守られることなく、僕らは同棲をしてしまっている。僕はそれが気がかりでならなかった。

感情、成り行き、そんなものに流され生きてきた僕らは、それに対する罪悪感に慣れてしまっている。本当に前向きに生きていこうと考えるなら、彼女の両親や、自分の母や祖母の気持ちを考えるべきではないか。このまま新居に平気な顔をして居座る事は出来ない。匡宏と云う前例があり、そのトラウマを抱え、苦しんでいる彼女の両親。仕事も金もなく、彼女の両親を安心させるものを、何ひとつ持たぬ、娘よりも十八歳も年上の男の存在は、彼女の両親にとって、ストレス以外の何物でもない筈だ。本当に将来を考えるなら、最低限度、彼女の両親に提供できる材料を、僕は用意しなければならない。しかし現実問題、それを用意するには二〜三年は必要だ。僕は引っ越しを前に、彼女の両親と再度、今後についての話し合いをすることにした。

「本当に一緒になろうと思うなら、たとえ離れて暮らしていても、気持ちは揺がない筈や、先ずは、身の回りを整理して、やるべき事からやらんとな」

もっともだ。成り行きでこうなってしまった現状を、なにも言わず受け入れてくれていた方が不思議なくらいだ。

「解りました、一度、神戸に帰って、母と話し合って来ます」

祖母が心筋梗塞で入院していた病院を退院して以降、僕は神戸に帰っていない。子供達の気持ち、奈菜の気持ち、両親の気持ち。それらを携えて、僕は母の元に帰る事にした。

翌日、まだ夜が明け切らぬ早朝、僕は母から借り受けていた原動機付き自転車にまたがり、その頼りない小さなエンジンに火を入れる。自分は何をしようとしているのか。また、性懲りもなく、自分の偽善の犠牲を、生み出そうとしているのか。先生の言葉が脳裡に浮かんでは消える。胸中に去来するそれは、推し量るまでもなく、僕に凶事を告げる。こんな危険な化け物を抱えたまま、また、僕は他人の人生に関わろうとしている。風が強い。ビニールの白い袋が、その風に吹かれ、あてもなく空を舞っているのが、まるで自分の姿の様に思われた。

国道二号線から明姫幹線に入り、旧神明道路を走るルートを使えば、神戸まで一時間。しかし僕は、明石、姫路間を貫く道路として一番南にある、二百五十号線へとスロットルを開けた。このルートなら、原付だと、たっぷり二時間近くは掛かる。考えに斑《むら》が有りすぎる。そしてそれは、僕の芯を絶え間なく揺らし、正鵠を惑わす。夥しい数の不安要素。吹き募る冷たい風に嘯まれ、洗い浚い、僕は自分自身と向き合ってみたかった。

シェークスピアは言う。人間、有るものに頼れば隙が生じる、失えば却《かえ》ってそれが強みになると。

ある側面ではそうなのだろう。何も無い頃は、何も恐くはなかった。僕の中に生まれた執着や願望、未練、それは群がる蟻のように僕に集り、僕の中に臆病と云う名の城を築く。それを乗り越えるのが本当の強さなのだとしたら、僕は、永遠に弱虫のままなのではないだろうか。

姫路の白浜辺りから少し道を外れて、山陽電車の線路沿いを走る。太陽の姿はまだない。しかし朝日は、少しずつ、水平線に沿って紫の光を海に与え始めていた。行き交う車のヘッドライトは次第に消えてゆき、線路に沿って立ち並ぶ建物からは、目の届く処、届かぬ処に関係なく、人々の、生活の躍動が感じられる。それは屹《き》っと、僕に吹き付けるこの冷たい風が、何某の場所から盗んでくる、幽かな人々の体温の所為なのだろう。間違いなく、多くの誰かが生きていて、そして、今日の営みを始めている気配がする。

信号が赤に変わった。ブレーキを握る指先は、凍てつく冬とは違い、まだよく自由に動く。ポケットから急ぎ取り出した煙草に火をつけ、その煙を深く吸い込むと、早くも交差する左右の信号が黄色に変わった。スロットルを煽り、ブレーキを緩める。すると、その拍子に、指に挟んでいた煙草がポロリと地面に落ち、それと同時に信号は青に変わる。周りの車は疎らだが、それでもこの静けさを破るには十分な排気音が辺りに響き、一度しか吸い込まなかった煙草を惜しむ暇もなく、僕はまた、風に包まれ東へと走り出した。

『時を越えて、君を愛せるか、本当に君を、守れるか、空を見て、考えてた、君の為に今、何が出来るか。忘れないでどんな時も、きっと、傍に居るから』

ふと、小田和正の声が、あのメロディーに乗って蘇る。自分が、人並みの家に生まれ、人並みの教育を受け、人並みに愛され、普通に生きて来たのなら、自分は、奈菜や、そして子供達に、胸を張ってこんなセリフを言えたのだろう。葉子を除いて、どこの、誰にも抱いた事のない感情。それが、今、ここに、この胸の裡に確かに存在している事は、事実なのだ。しかし、だからこそ、こんな化け物を抱えた身体で、最早、どんな輝かしい未来も来ないであろう、人間のクズである自分が、きっと、不幸にすると判りながら、このまま、こうして、彼女たちの傍に居て、良いものなのだろうか。

……死んで仕舞えばいいのに……

消毒液の臭いがした。

――二――

陽が完全に昇ると、世界は今日も、法と云う秩序の中で、無秩序な営みを始めた。破れない秩序に憤懣を宿した無秩序な人間たちが、殺気を含んだ目で、イライラとアクセルを踏んだり、ブレーキを掛けたりしている。

そんな中、母の原付は、その小さなエンジンの限界性能いっぱいで、僕を東に運んでいた。やや黄色い色を含んだ光の降る道路の上、光が黄色く映るのは、ダンプや貨物トラックが吐き出す排気ガスの所為なのだろうか。渋滞が、終には停滞へと変わって行く。

「急ぐ路程ではない。少し休もう」

高砂を越えると昔、雑誌や新聞を配達していた頃、懇意にしていたコンビニがある。僕は進路を東から南へと変更し、一番懇意にしていた、そのコンビニを目指した。

そのコンビニは、田舎のコンビニとしては敷地面積が小さい。よく混雑する交差点の直ぐ真横にあり、道路からの出入りも困難で、立地としては余りコンビニ向きではない。元々は代々酒屋を経営していたそうだが、時代の波と、コンビニの巧みな営業に乗せられ、店主の親父は開店に踏み切ったそうだ。矢張りそう繁盛はしていない。自己所有の不動産だからこそ経営が成り立ってはいるが、その台所は以前より火の車になったと親父は言っていた。

僕は店内に目をやる、がしかし、親父の姿は見えない。店内に入り、スニッカーズと、紅茶花伝を手に取りレジに向かう。すると親父が長靴姿で店内に現れた。どうやらゴミ箱の掃除を裏で行っていた様だ。

「おぉ！　慎也！　慎也か！」

人柄の良い親父である。音沙汰をなくして、かれこれ五年、もうそろそろ還暦を迎えている筈の親父は、好好爺そのものの笑顔で、齟齬《そご》を崩し、僕の肩を抱いてくれた。

「お前、変わったな」

「そ、そうですかね」

「あぁ、変わった、随分、ふくよかになったやないか」

「あはは、最近、極楽とんぼみたいな生活が続いてたからね」

「ええやんけ、俺もそんな香気に暮らしたいもんや」

「そんな、おやっさんみたいに、金が有り余ってるわけやないんやから、だから香気って訳でもないですよ」

「アホか、金が有り余ってる人間が、なんで長靴なんか履いて、ゴミ箱掃除しとるんや。うん、でもお前、良くなったな、なんてーかな、角がなくなったんやないかな」

「んー、そうですか、自分じゃ、なんも変わった気は、しないんすけどね」

「昔のお前は、そうやな、欠けたグラスみたいなもんでよ、そこに間違えて唇もってくとサックリと唇を切ってまう様な、そんな危うさがあったんやけどな、それがなくなった。目つきが変わってもたな。良い意味でな。そうや、良い感じで、変わったんちゃうかと、そう、思うで」

親父は、廃棄寸前の弁当を二つ許り袋に入れると、「今日中に食わんかったら死んでもしらんからな」そう言って、それを僕に持たせてくれた。店を出ると、朝の渋滞はもうすっかり影を潜めていて、僕は再び、車が疎らになった国道を走り出した。

……変わった……何が……何が変わったと云うのだ……

シェークスピアは言う。貧乏と云うのはよほど不思議な魔術だ。それを用いるとくだらぬものが貴重に見える。

何も無い時代でも、若さだけは有った。そして、思う以前の僕には何でも有った。時代はバブル、それなりに苦労はしたものの、今とは違い、その苦労はすぐに現金になって、懐に還元される時代だった。僕の心に堆積した闇は、金に身を売る事がどんなに恥であるかを見えなくしていた。策を弄し、人を騙し、陥れ、甘い誘惑で他人を食い散らした。一番に憎んでいる自分の父親と同じ事をやり、天に唾を吐き、殺せるものなら殺してみろ。と、放蕩無頼を気取っていた。因果応報、僕は、天の逆鱗に触れた。法に裁かれ、自分の社会的なもの全てを法によって解体され、更に、いつ死んでも怪しくない病にまで蝕まれる。失われていく若さと、健康だった身体。もはやそこには、絶望しかなかった。天は多分、魔術を用い、僕から全てを奪い、そして、僕に問うたのだろう。その孤独から見える情景に、あらゆるものを奪われた場所から見えるその景色の中に、お前は、何を見つける事が出来るか。その中で、何が大切で、何が大事なのか。それを僕に教えたかったのかも知れない。

『どれ程、深く信じ合っても、解らない事もあるでしょう。その孤独と、寄り添い生きる事が、愛すると云う事かも知れないから』

奈菜が僕に教えてくれた、とある歌の歌詞の一節。

「私は、こんな気持ちで、何時も、慎也君を、想っているよ」

誰にも理解されない、この身に巣くう化け物を、理解出来なくとも、寄り添い、生きると約束をしてくれた奈菜と、そして子供達。何もかもを失った場所から見えるのは、彼女達三人しか、僕には無かった。

――三――

久しぶりの実家に着く。相変わらず品のない、寂れた扉である。1964年に建設されたこの建物は、明らかにもう、時代と共に消え去ろうとしている廃墟の面影を抱いている。祖父が四国の自宅を売却して、ここに来てから二十数年。ここには、良いもの、悪いもの、様々な思い出が、箪笥の裏の埃の様に、渾然一体として狭い３ＤＫの室内に降り積もっている。

チャイムを鳴らす、しかし返答はなく、人の動く気配だけが、その品のない鋼鉄の扉の向こう側に窺える。ガチャン。大きな音がする金属製の施錠が外され、母が無表情な顔をのそりと出してくる。

「お帰り、あんた、ご飯は」

お決まりのセリフ。母は、何時もの様に抑揚のない、平坦で、しかし、何時もと変わらぬ笑顔で、僕を迎え入れてくれた。

「あぁ、もう食べてきたよ」

狭い団地の玄関にはそぐわない、大きな下駄箱が僕の肩の鞄を引っ張り、僕はいつもの様に眉間に皺を寄せる。どうにもこの玄関、狭くていけない。そしてその大きな下駄箱に追い討ちを掛けるように、今度は、玄関左正面に設置されたドラム式の大きな洗濯機が僕の行く手を阻む。この洗濯機、左側面にある浴室とトイレの通路に憚り、どうにも邪魔なのである。この洗濯機がなければ、車椅子のまま祖母をトイレに運ぶことも可能なのだが、これを購入した七年前、まさか、祖母が歩けなくなるなどとは誰も考えてはいなかった。

敷地面積百坪の、四国の屋敷にあった殆どのものを処分して、祖父母はここにやって来ている。しかし、幾ら処分したとて、この3DKの県営住宅には荷物が溢れていた。増して、祖母が寝たきりになり、自動リクライニングのベッド、ポータブルトイレが部屋の三分の一を占領するようになってからは、何かをどけてからでないと布団すら敷けない。通路は最小限になっており、最早、バリアフリーとは対極の状態と言ってよかった。

僕は物置状態になっている一室に、持ってきた鞄と上着を抛り込むと、以前のものは大きすぎて買い換えられた二人用の炬燵に、ちんまりと座る母の向かいに腰を下ろした。皺の増えた母の顔を見る。昔は、誰もが羨む美しい母だった。そんな母が、ある日から、一切、化粧をしなくなった。

僕が父を殴り、家を出た後、父はとある山中を切り開いて、モトクロスのレース場を始める。しかし、そもそも、父が開拓したのは、市の所有する土地だった。父は勝手に市の所有地にブルドーザーやショベルカーを持ち込み、無断でレース場を開設したのだ。ところが、市が、父に対して、その土地の使用停止を求めに来るのに、なんと、それから五年以上の時間を要したのである。それには訳がある。

レース場を開設して一年程した頃だった、県警の交通機動隊から、信じられぬオファーが来たのだ。

「白バイ隊員の練習の為、施設を使用させて欲しい」

県警の白バイ隊員の数名が、プライベートでモトクロスをやっていて、彼らは父の客だった。彼らは父が余りに大胆に営業をしていたため、土地を不法に占拠しているなどとは夢にも思わない。以前交通機動隊は、そんな悪路での練習が出来る場所を探していて、その隊員が、上司に父の施設を紹介した。県警は、碌に調査もせず、父に施設の使用を申し込んで来たのだ。

父は、ほくそ笑んだ。天下の警察が使用していると云う既成事実が出来てしまえば、不法占有が公になったところで、市も県警も、その事実を隠ぺいに掛かるだろう。父の予想は的中した。営業中には、テレビの撮影が何度も入っている。バラエティー番組の取材、ドラマの撮影、この撮影には弟も出演していた。それを今更、不法占有などとは、市は口が裂けても公には出来ない。そんな事が公になれば、職務怠慢でどれだけ多くの職員の首が飛ぶか。おそらく市長や議員の責任問題にまで波紋は広がるだろう。

父は市の弱みを最大限に活用し、なんと、市から立ち退き料の名目で、一千万円もの大金をせしめたのである。しかし、父はこれにより、議員と県警を敵に回してしまった。市はその不法占有を法的に問題が無い様に書類の整備をし、父の件を合法的なものに改ざんした。その手続きが済むやいなや、父は県警に指名手配をされる。手配内容は賭博法違反と銃刀法違反。

父は逃亡を企て、ワンボックスの車で野宿を繰り返し逃げていたが、早晩、職務質問により、その身柄を拘束された。しかし、事件は不起訴になる。つまりこれは、県警の父に対するデモンストレーションだった。県警は何時でもお前を有罪にして捕まえる事が出来るのだと云うデモンストレーションを父に対して行ったのだ。犯罪を職業とする父にとって、これは大きな問題だった。県警に、常にマークされている中で、法に抵触する凌ぎは出来ない。金銭感覚の破たんしている父は、直ぐに一文無しになる。しかし、もう、母も若くはない。昔の様に水商売に出る事も出来ない。経済の破たんは、母に最期の選択を迫る。

「慎也、助けて、お父さんに殺される」

母と弟が僕の家の玄関に立ったのは、広子が死んで直ぐの頃だった。それから半年ほど僕の家に母と弟が住んだ。僕は長距離のトラックに乗っていたから殆ど家には帰らない。二人は職に就き、お金を貯めて、僕の家の近くに賃貸を借りた。暫くは、何事もない日常が続いた。だが二人が暮らしだして一年位だろうか、父に二人の住所が暴露《ばれ》た。どうやって二人の居所を父が調べたのかは定かではない、が、それから父の、母と弟に対するストーカー行為が始まった。

父はありとあらゆる脅しで母に復縁を迫った。しかし、母も弟も、今度ばかりは辛抱強く父の脅迫に屈しない。業を煮やした父は、ある日、母に、あばら骨を数本へし折るほどの暴力を揮った。母は警察に被害届を出し、警察は父を逮捕した。母は父の面会に訪れ、父に最期の三行半を突きつけた。離婚届への署名捺印、それが告訴を取り下げる母の条件だった。

父と母の離婚は成立した。しかし、この父のストーカー行為で、弟は心を病んでしまう。

弟は強迫神経症を患い、仕事はおろか、外出さえ出来なくなってしまう。それから数年後、僕は自宅近くのパチンコ店で、偶然父と再会する。台を探して店内を歩いていると、父と見知らぬ女が肩を並べて仲良くパチンコをしている姿に僕は出くわす。

「おぉ、慎也、元気か」

父は悪びれる事なく僕に話しかけて来る。父は女を待たせ、僕を近くの喫茶店に連れて行った。

「お前、うまいことやったらしいの、恵美子に聞いたぞ、社長の娘こましたらしいやんけ」

「あぁ、まぁ、そんなとこかな」

僕の青白い顔も、青白い感情も、一切、父には伝わらないらしい。

「女をこますんはお前には負けるの、そやけどな、さっきの女、あれ、わしの新しい女や、お前らのお母さんよりは、ぶっさいくやけどな、金持っとる」

父は無表情で対面する僕に、聞きもしないのに様々な事を話した。震災を利用して、また市から四百万ばかり騙し取った事。その金を使って闇金をやりながら、市から生活保護を受けている事。

「おい、そやからの、市から、わしの面倒を見てくれってな、書面で催促が来るやろうけど、絶対に面倒は見る気ないて返事しとけよ、そやないと、生活保護がおりんからの」

新しい女には二人の息子が居て、一緒に暮らしている事。

「まぁ、なんか困った事あったら、何時でも電話してこいや」

父はウエイトレスにボールペンを借り、ナプキンに自分の番号を書き、僕に手渡し、店を出て行った。

数日後、母の留守に僕は弟にその事を話した。

「兄ちゃん、お父さんが居なくなったら、やっぱりその新しい家族って、捜索願い出すんかな」

「そうやな、考えてる事は、分かる、けど、手遅れやな」

「そっか、お母さんには、話すん」

「うん、そうやな、話さん訳には、いかんやろ」

僕らは散々悩んだ末、母にその事を話した。

「へぇ、あんな男に、でも、それならそれでええやないの、これですっぱり、縁が、切れる」

たぶんそれは、母の強がりだったと、僕は思う。

　それから時を置かず、祖父亡き後の祖母と、母と弟は、三人で暮らし始めた。祖母の自宅で三人が暮らし始めて、父が言っていた、市からの督促が僕らの元に送られてきた。

　その書面は、実父を扶養しない二人の息子を、慇懃無礼に蔑みながら、そして言葉巧みに人でなしだと罵り、実父の扶養を要求していた。僕らは勿論、父の言葉通りに扶養を拒否し、人でなしのレッテルを自ら望んで心に貼り付けた。それから、人でなしの兄には子供が生まれ、人でなしの弟は漸く外出が出来るまでに回復して行った。

　僕は、弟を自分の会社に入れ、個人で運送店を開業させ、仕事を与えようと考えていた。弟もそれを了解し、弟に仕事を教える為、業務の引き継ぎを始めた頃の事だった。弟の携帯に、登録していない番号からの着信が入り、弟は怪訝な面持ちで電話に出る。

「もしもし、勝之、久しぶりやの、元気か、わしや」

　弟の顔は一瞬にして青ざめ、その凍り付いた無残な顔を僕に向け、唇の動きだけで、電話の主を僕に伝える。どこで弟の番号を調べたものか、それは、あの父からの電話だった。

「勝之、頼む、会いに来てくれ、お父さん、癌なんや、もう長ない」

それは信じられぬ父の告白だった。

「兄ちゃん、どうしよ、どうしよ、僕に、一人で来いって言うてる」

電話を切った後、弟は必死の形相で電話の内容を話した。父は胃癌の末期で、もう数か月の命だと言う。

「やめとけ、もし、なんか企んでたらどないすんねん」

あの男の事だ、何かまた金に困って弟を利用しようと考えているかもしれない。

「で、でも、行かなかったら、また毎日毎日待ち伏せされたら、怖い、怖いよ兄ちゃん」

考えた末、僕は父と刺し違える覚悟を決めた。

「よし、俺も一緒に行く、それならええやろ」

僕らは数日後、父の自宅を訪れた。父の自宅は震災被害者向けに建設された真新しい集合住宅で、ピカピカの新築だった。僕らは高層階にある父の部屋に向かう為、エレベーターに乗り込む。

「兄ちゃん、お父さん、ええとこ住んでるな、これ、家賃高いやろ」

エレベーターから降り、僕らはいよいよ父が住む部屋の扉の前に立った。弟がチャイムを押すと、すぐさまその扉は開かれた。

「おぉ、勝之、ありがとな、さぁ、上がってくれ、え、なんや、なんで慎也が来とるねん、勝之一人や言うたやろが、チッ、まぁええわい、お前も上がらんかい」

どうやら父の言葉に偽りはなく、父は無残に痩せこけ、僕らの知る、傍若無人を絵に描いた様なあの姿はもう、そこには無かった。そして、死を目前に控えたこの男の未練は、勝之にあり、僕には無い。

「ほれ、見てみんかい、新築のこの部屋、ははは、家賃は無料や、世の中にはな、生活保護って便利なもんがあるんや、お前らも、生きてるうちに頭は使うもんやど、病気してても全部タダやタダ」

それから父は一切、僕を無視したまま勝之と話した。新しい家族が、後の事は全部引き受けるから、僕らは、葬儀にも顔を出さなくていいと云う事。新しい息子たちは僕たちと違い、自分に優しく、そして、自分を大切にしてくれると云う事。母は美人だったが、薄情で、今の女は、醜女《しこめ》だが、情に厚い女であると云う事。父が最近、絵画の贋作造りに凝っている事。現在、ピンクのポルシェを所有している事。しかし、名義は女の物である事。父は、自分が作成した贋作を形見にと弟に渡し、弟は、どう処分してよいかも分からぬそれを、辟易としながら、父から受け取った。数時間後、僕らは父の自宅を出た。

「もうこれで会うことはない。まぁ、心配せんでええ、わしは幸せや、お前らも、元気で暮らせ」

それが父の、最後の言葉だった。僕らはその一部始終を母に報告した。母は笑いながら僕らの話を聞き、自嘲気味に俯いた。

「良かった、良かった、これでせいせいしたわ」

……母はその日から、化粧をしなくなった……

後日、女が僕の会社を訪ねて来た。

「あの、色々あるとは思うんですが、お父さん、もうすぐ旅立ちます。出来れば、来てあげてくれませんか」

なるほど、父が言う様に、彼女は心の綺麗な人だった。

「分かりました。じゃ、後ほど、病院にお伺い致します」

僕は、彼女が訪ねて来た事を誰にも話さなかった。あの日の事は、永遠に、僕だけの秘密である。

病室に入ると、もう意識の覚束ない、痩せこけた父が横たわっていた。僕が挨拶をすると、心優しい彼の新しい家族は、僕と父を二人きりにしてくれた。父は、薄らと目を開けて、そこに居るのが僕である事を確認すると、随分とがっかりした風に再び目を閉じた。僕は、父の耳に口を寄せ、小さな声で父に話した。

「お父さん、実は、お母さんもな、先月、再婚したんや。新しい僕らのお父さん、いい人やで。僕らも、お母さんも凄い幸せや。だから、安心して、旅立ってな、もう、なんも心配せんでええから」


……この嘘を抱いて逝け……この嘘を抱いて……地獄に堕ちろ……

父の首や顔の筋肉が、その瞬間、確かに硬直した。しかし、父は再び目を開くことは無く、僕は、僕の、最後の言葉が、父に届いたことを確認して、病室を後にした。

――四――


「コーヒー入れよか」

「お帰り、あんた、ご飯は」と来ると、次は必ずこのセリフが出てくる。母のこの問いかけを、僕は99％の確率で拒むことはない。

「うん、ありがとう」

母が台所に立つ。極端にアメリカンな、僕の好みではないコーヒーが、大きなモーニングカップになみなみと注がれ、炬燵の上に差し出される。もう少し濃い目にと、何度注文してもこれが出てくる。僕はいつしか、コーヒーの好みを母に訴える事をやめるようになっていた。僕はその薄いコーヒーを半分、母の向かいで飲んだ後、残りが入ったカップを手に、台所の換気扇の下にある、灰皿の前に立ち、煙草に火を点けた。母に大切な話をする時、僕は決まって母の正面を避ける癖がある。

「引っ越しする前に、奈菜の両親と、話して来たんや」

明後日の方向に煙を吹き出しながら、僕は母に話し掛けた。

「向こうのお父さんとお母さん、どない言うてはんの」

「そうやな、向こうのお父さんは、どっちかって言うと、離れて住んでも、経済的に意味ないし、黙認してくれてるけどな、お母さんは、やっぱり心配みたいやな」

「そらそうやろ、前の旦那に散々な目に遭わされた後や、増して、あんたみたいなええ加減な、仕事もままならん男に、簡単にうん言えるかいな」

「うるさいなぁ、でも、まぁ、それもある、でもなお母さん、向こうのお母さんは、今の家の現状も心配してくれてるねん」

「心配て、なにを」

「そら、ばーちゃんが二回も危篤になった後やろ、お母さん一人にしたら大変やろって」

「あんたは、どないしたいんや」

「うん、やっぱり今、姫路に行くんはどう考えても、あかんやろ」

「あほか、そんなこと訊いとんちゃうわ、あんたの気持ちを訊いとんねん」

この時、何時になく踏み込んだ質問を、母は僕にして来た。

「あんた、奈菜ちゃんと、子供らの事、どない思うとんの」

考えてみると、こんな相談を母にしたのは、僕の人生で初めてだったかもしれない。僕は何事も自分の思う様にやってきた。全ては事後承諾で、事前に母に何かを相談すると云う事は、家を飛び出してから此の方、無かった様に思う。問題は何時も、発生してからでしか、母の耳には入らなかった。母は、それについてどう思っていたのだろう。母は、何時も僕が引き起こす問題を、どう受け止めていたのだろう。母の役割は、問題の中で、自分が出来る事を、淡々と請け負う事。父の所為で、僕に何もしてやれなかった。その負い目が、母にそう云う行動をとらせていたのだろうか。短くなった煙草を灰皿でもみ消し、僕は、珍しく母の正面に座って話を続けた
「薬、今も、この瞬間もな、やりたくて、仕方ないんや」

化け物の存在をどう母に話したところで、母はそれを理解出来ないだろう。母に化け物の存在を理解しろと言うのは、何の予備知識もなく、漢字で綴られたお経の意味を理解しろと言う様なものだ。僕は化け物を、向精神薬に置き換えて話す事にした。

「やっぱり、厳しい、厳しいんか」

「あぁ、厳しい、あれはな、ホンマに悪霊みたいなもんや、どんなに忘れようとしても、頭から離れてくれへん。毎日、毎日、ふとした瞬間に、脳裏を過ぎるんや。その度に心臓はバクバク波打つ。何とか方法はないか、手に入れる方法はないか、そうなったら、そんな事ばっかり考えてまうんや。悪いことやとか、そんなもん関係ないねん、自分ではどうする事も出来んのや。ここに帰ってきてからずっと、小説を書いてきた、それで、なんとかそれで誤魔化して来た。恋愛もしようと試してみた。でもな、あかんねん、どうしてもあかん、あれは、あいつは、この中から離れてくれへん。いずれ、あの化け物に喰われる前に、死のう。そう思ってた。勿論、お母さんも、ばーちゃんも、小説も、その仲間も、普段は俺を引き止めてくれる。だから、そのお陰で、今日までなんとか、無事に過ごせて来た。けど、俺、自信が無い。これから先の事を考えたら、自信が無いんや。小説だけで俺、今を継続出来るやろか、一人になって、今の自分を保てるやろうか。考えたら、考えるだけ不安になって、もう、どうでも良くなって来て、正直、限界やったんや。そんな時、奈菜と真奈と有紀に出逢った。あいつらな、しつこいんや、色んな意味で、めちゃくちゃしつこいねん。こんな俺が傍に居たら、きっとあいつらを不幸にする。そんな事も十分考えた。だから、もう、離れよう。そう考えて、喧嘩して、何回も飛び出してみた。でもな、どんなに離そうとしても、離れてくれんかった。ただ、ただ、純粋に、俺を、俺の愛情だけを、欲しがってくれた。俺の笑顔だけを、あいつらは、必要としてくれたんや。俺な、人からそんな風に思われた事、生まれて初めてやった。嬉しかった。俺は、こんな俺に、化け物を背負いこんだ、こんな俺に、その化け物の怖さも解らんまま、理解も出来んまま、それやのに、ただ、ただ、そのままの俺に寄り添い、離れようとしない、あいつらを、本気で愛してる。俺は、あいつらを、愛してる。だから、俺は、あいつらと、一緒になりたい、そう、思ってる」

「あんた、もうここはええから、姫路に行きなさい」

　あの時の母の表情は、決して諦めでも、投げやりでもなく、何処か、それは待ち望んでいた瞬間を感じたような、ほっと、息を付くような、そんな顔を、母はした様に思う。

「あかんよ、今はお母さんとばーちゃん、ほっとかれんやろ」

「アホか、あんたはそんな事考えんでええねん、あんたは、自分の将来の事だけ考えとったらええ」

「あかん、あかん、今はあかん、それに、向こうの両親にも、納得して貰えるだけのものを用意せなあかんしな。だから、今は帰ってくる、こっちで就職して、ちゃんと段取り踏んで、それから結婚する」

　母はもう何も言わなかった。次の瞬間から、ありふれた日常の会話しかしなかった。

「ほら、あんた帰ってくるから、ステーキやで、安物やけどな」

　気がつくと、日はとっぷりと暮れていて、カーテンの外は、集合住宅の窓に生活の灯りがたくさん灯っている。母は、何時もの様に台所に立つ。ふと視線を窓に移すと、硝子細工の風鈴が揺れていた。僕はその風鈴を見て、あの時の事を思い出す。

何処で手に入れたものか、母は何時の頃からか、硝子細工の風鈴を軒に吊していた。すだれ越しに鳴るその涼やかな音色の切れ間に、マナーモードのバイブ音が聞こえ、僕はあの日、携帯を手に取った。

「もう、終わったよ」

それは奈菜からのメールだった。その日は真奈の誕生日で、奈菜の催促により、匡弘が真奈に自転車を買い与えると聞いていた。

今の様な感情が芽生える以前の話しで、僕はそれほどの大事とは捉えずそれを聞き流していた。しかし後に、奈菜との交際が始まり、匡弘の影に悩まされ、乖離を再発し、あの嵐の様な日々が通り過ぎた後、匡弘が買い与えた真奈の自転車は、僕を苦しめる、厄介な存在《もの》になっていた。

奈菜が匡弘と使っていた家財は、粗方処分して新しいものに買い替えて来た。しかし、あの自転車だけは、そうはいかない。あれは、たったひとつ真奈に残された、思い出の品なのである。

僕らは折を見ては、真奈に聞いてみた。しかし、真奈は新しい自転車を欲しがらなかった。匡弘の名が出ると、僕が患い寝込むところを何度も見るうちに、真奈は決して匡弘の名を口にしなくなった。でも、彼女の中の匡弘が消える事はなく、時間の経過で美化されて行く実父の思い出は確実に真奈の中にあるのだろう。それが、どう仕様もなく、切なかった。

気持ちとしては、何処か山深い場所にでも捨ててしまいたい。けれど、あの自転車が真奈にとって大切なものなら、それは、僕がどんなに辛くとも、我慢するべき事なのだろう。僕はもう、自転車の事は言わない様にしていた。

貧乏な僕らは、なかなか新品の服を、真奈や有紀に買ってあげられなくて、だから、休みの日に出掛けると、必ずと言っていいくらい、リサイクルショップに訪れる。真奈の誕生日が近づいたある日、「なぁ、慎也君、真奈な、この前、リサイクルショップにあったみたいな、あんなオレンジの自転車が欲しい」そう、真奈が言い出した。僕は、罪の意識に潰れそうになった。

もちろん、僕は、僕の全部をかけて、この子達が実父に踏みにじられたものを補填すべく、頑張って来たけれど、僕の存在は、確実に、あの子達の、実父に対する思慕を、逆に踏みにじっているのかもしれない。あんな鬼畜でも、彼女らにとっては実父なのである。恋しくない筈がない。真奈の気遣いが、痛くて、痛くて、僕は、その夜、眠れなかった。

誕生日当日、僕は真奈だけを連れてレストランに出掛ける事にしていた。午後二時に予約を入れていた僕は、奈菜と有紀に見送られ、家を後にした。

「さぁ、真奈ちゃん、お待ちかねのシフォンケーキやで」

「やったー！」

「真奈は、長崎のカステラとシフォンケーキ、どっちが好き」

「んー、それはやっぱりシフォンケーキやな」

「じゃ、バームクーヘンとシフォンケーキは」

「あかん、それはめっちゃ悩む、でも、シフォンケーキ」

僕らはそんな会話をしながら、奈菜の母に借りた車を走らせていた。国道二百五十号線を姫路から西に下がって行くと、やがて道は長閑になり、御津町に入ると直ぐ、新舞子海岸の看板に出くわす。看板を南に田圃道を抜けると、この季節、海岸は潮干狩りの客で賑わっていた。遠浅の、その砂浜を右手に見ながら、切り立った急な斜面を登って行くと、それは、まるで地中海の一部を移植したかの様な景色と建物が現れる。

「うわ、すごい、綺麗なとこやなぁ」

「うん……」

ここに到着するまで、はしゃぎ回っていた彼女の様子が、少し、怪訝《おか》しい。

「どうしたん、えー、まさか、緊張してるとか」

「べつにー、緊張なんかしてませんからー」

彼女の人生に於いて、こんなにおめかしをして、こんなオシャレで綺麗なレストランに入るのは、もちろん初めてである。建物の豪華さと、そこに賑わう人々の品の良さ、しっかりとした教育のなされたウエイトレスに、人生で始めてのお姫様扱いをされ、真奈は少々気後れをしている様だった。

案内された席に着く。彼女は大人しく僕が注文をするのを見ていた。

「真奈、ほんまにガトーショコラはやめとくん」

「だって、ママそれ食べたんやろ」

「うん」

「じゃ、真奈は違うのがいい」

僕はガトーショコラ以外のケーキを全種類注文した。最近、なにかにつけて、真奈は母親の奈菜に対抗する、少女によくある現象だが、僕としては、面倒くさくもあり、また、それが喜びであったりもする。

やがてケーキと飲み物が運ばれてくると、そこは子供である。

「慎也君！　めっちゃ美味い！　これも、これも、めっちゃくちゃ美味い」

真奈は、大はしゃぎをしながらケーキを楽しんでいた。

「あー美味しかった、慎也君、外に行こうよ」

ケーキを食べ終えると、真奈は直ぐに席を立とうとする、どうにもこの高級な感じが肌に会わない様だ。

断崖の頂上にあるこのレストランは、テラスの景観が素晴らしい。地中海を思わせるその景色には、初夏の初々しい太陽が降り注ぎ、僕はその陽溜まりの下を歩く真奈をカメラで追った。成長して来たと思う。いつの間にか台所で洗い物をしてくれていたり、食事を作っている時、ふと覗くと洗濯物を畳んでくれていたり、料理も少し覚えた。僕の中にある、僕の伝えたいものが、この陽の光の様に彼女に降り注ぎ、彼女はそれを浴びてスクスクと、育っている。

神様、どうかこの子が、いつ迄も、この太陽の下、僕らが照らすこの道を、まっすぐに、まっすぐに、歩けます様に。

テラスを一通り見て、僕らは会計を済ませ、車に戻る。

「あ、真奈ごめん、俺、鍵を中に忘れて来たわ」

「もう、待ってて、真奈が取ってくる」

そう言うが早いか、真奈は駆け出して行った。僕はゆっくりと歩きながら真奈を追う。レンガ造りの壁の切れ間に真奈の小さな背中が見えた。彼女はレジで順番を並び、前の客が支払いを終えると、開口一番、こう言った。

「あの、すいません、お父さんが、鍵を忘れたんですけど」

……お父さん……

神様ごめんなさい。僕は彼女の中にあるものを、たったひとつだけ踏みにじります。それが良い事なのか、悪い事なのか、僕には判らない。けれど、僕は、彼女の中のそれを踏みにじり、その上に立って、その場所から、彼女達と一緒に歩いてゆきます。父親は、二人も要らない。僕だけが、彼女の父親だ。彼女の父親は僕ひとりでいい、仮令、全てを失ったとしても、僕は、ここから、全部をやり直すんだ。あの日、僕は、そう、心に決めた。

―五―

薄らとした朝の紫が煙る中、常備灯が仄かに室内を照らしている。午前五時三十分、母が布団から起き上がり、湯沸しポットの電源を入れる。湯が沸くまでの間、母は、愛用のマイルドセブン6㎎に火を点け、換気扇の前に立つ。ポットのお知らせアラームが鳴るのと共に、母の朝は始まる。

祖母は僕らと　同じ物は食べない、徹底的な偏食家である祖母の朝食はこれまで、食パンにマーガリンを塗った物に薄切りのハムが三枚、マヨネーズを少し皿に盛り、デザートはバナナ2分の1本と決まっている。この朝食のメニューは僕が知る限り三十年以上変わっていない。しかし、心筋梗塞による二回の危篤により、そう云った食事が摂れなくなった今の祖母の朝食は、溶き卵のおかゆに梅干、柔らかく煮込んでほぐした白身魚等に変わってしまった。母は、祖母の為だけの専用メニューを、ずっと作り続けてきた。母は、一番に祖母の朝食の準備を整えた後、自分たちの朝食を作る。一日や二日のことではない。毎日、毎日、必ず二種類の食事を作り続ける事がどんなに大変であるかは、主婦の方々なら共感を頂けるであろう。

祖母は生まれながらの貴族だった。別に祖母が悪いわけではない。専用シェフと、九人のメイドが常駐する屋敷に生まれれば、誰しもがそうなる筈だ。太宰治の斜陽に描かれる落陽の貴族の末路を考えれば、祖母は、はるかに逞しく生きた方ではないかと、僕には思える。

紀州藩、元城代家老の父を持ち、服部時計店、創業者の一人娘を母に持つ祖母。金銭感覚、生活観、価値観、全てが浮世離れした祖母。太平洋戦争が祖母の全てを奪っても、幼い頃から刷り込まれたそれらは、祖母の根底を変えるには至らなかった。

母は裏切ることのない祖母の傀儡として育てられる事となる。小学校一年生の頃から、朝夕の賄いは、全て母の仕事だったと云う。祖母の再婚相手の祖父は、建設省に務める公務員、厳粛で潔癖な祖父と、厳しい祖母の元で幼少期を過ごした母。母の実父は山口県警の高官だったと聞く。今では考えられない越権行為だが、母の為によくパトカーや白バイを個人的に使用してドライブに連れて行ってくれたそうだ。戦争で亡くなった母の実父は、母を目の中に入れても痛くないというほどに溺愛してくれたそうだ。

戦後の厳しい環境、実父の甘い思い出、現実に母を取り巻く人間関係。母から自分の気持ちを聞いた事はない。しかし、たぶん、思春期の頃、母の中で、何か、そういった事に虐げられて来た憤懣が弾けたのではないだろうか。十九歳の母は、極道の父の元に家族を捨てて走った。

一九歳で家を飛び出した母は、二十一歳を待たずに僕を産んでいる。その七年後に弟が産まれた。きっと、母自身、父に引きずられ、自分が人情に悖る行いを続けていたのは、重々承知していたのだと思う。母の周りで暮らした人達からの話を検証してみると、母が何度も、何度も父から離れようと試みた形跡がある。では何故、母は父と別れることが出来なかったのだろう。それは、矢張り、僕や弟の存在があったからなのだろう。

僕ら兄弟の価値観で考えるなら、あんな父親は必要なかった。しかし、戦争で実父と死別した母の価値観では、あんな人間であっても、実の父親であると云う一点に於いて、母は自分を犠牲にする事を選んだのではないだろうか。

村上春樹が「１Ｑ８４」の中で問うていた、人が自由になると云う事はどう云う事なのだろう。仮令ひとつの檻からうまく抜け出す事が出来ても、そこはまた別の、もっと大きな檻の中でしかないと云う事なのだろうか。

母は、祖母の呪縛から逃げ出したかった。自分を厳重に包み込む、常識、人情、風習、倫理、道徳、祖父母が掲げるそれらから、ただ、逃げ出したかったのではないか。そんな時、凡ゆる常識に縛られぬ、破天荒な父と出逢い、悪魔の行いが齎す、甘露を舐めたとするなら、それは、誰にも責められはしない。自分が信じる自由を目指して、母は家族を捨てて逃げ出した。しかし、母が思い描いた質《もの》などそこにはなかった。思い描いた理想はすぐさま粉々になった。浅はかである、哀れなものである。母の首には、父によって頑丈な、新たなる枷がはめられた、息子と云う名の枷が。

延々と続き、果てなく自分を包む檻、その肉の檻から逃げ出す事が出来ぬのならば、人は檻の中にある自由と類似した、何かを探そうとするしかないだろう。自由に似た何か、それは、何に縛られるのか、ではなく、何に縛らせるのか、自分で決めることである。どんな檻に入れられるかではなく、どんな檻に自ら入るのかを、自分で決める事である。人は、囚われ人である。しかし、何処で、誰と、そして、何に縛られる事をよしとするのか、仮令、どんな結末が待っていようとも、自分が居る今を抜け出して、檻の中でどう、生きていくか、それだけは個人の自由だ。

風は気紛れだ、そんな気紛れに吹く風に縋るしかないたんぽぽの種は、決してたんぽぽに適した土壌に運ばれるとは限らない。でも、彼らは決して諦めることはない。僅かでもチャンスがあれば、必ず道端で、黄色くて小さな、そして美しい花を咲かせている。誰に見られずとも、誰の為にならずとも、自分勝手に咲き誇っている。たんぽぽは、決して迷ったりはしない。自分に与えられた属性を、ただ疑うことなく、信じて、ただ、咲いている。与えられた属性のままに、咲き誇っている。

風を恨んで何になる。自分がたんぽぽに生まれた事を恨んで何になる。恨んでも、疑っても、咲くしか知らぬたんぽぽは、そこで咲くしかないのだ。

「あ、お母さんパン買うてくるん忘れたわ、あんた、今日はどないすんの」

「俺、俺は、電車で姫路に行って来る、服とかギターとか、必要なもん、運ばなあかんやろ」

「ほんなら、今日は帰ってこんの」

「うん、明日、車借りて荷物積んで帰ってくる」

「ほんなら明日の朝のパン、要らんな」

「そうやな、昼もいらんで、帰るの午後になると思うから」

「そうか、分かった」

そう言うと母はテレビに視線を移した。僕もまたパソコンの画面に視線を移す。テレビでは、何かのモノマネ番組の再放送をしていた。僕らの会話が途切れると間もなく、誰かは知らぬが、おそらくは、ものまね芸人であろう誰かが、一青窈のものまねで、ハナミズキを歌い始めた。

【夏は暑すぎて、僕から気持ちは重すぎて、一緒に渡るには、きっと船が沈んじゃう。どうぞ、ゆきなさい、お先に、ゆきなさい。僕の我慢が何時か実を結び、果てない波がちゃんと止まりますように、君と好きな人が百年続きますように。】

憶えば、母の気持ちは、この歌詞に、託されていた様な気がする。

「あ、ハナミズキや、お母さんな、最近この歌、好きやねん」

「へぇ、珍しいやん、音楽、あんまし好きちゃうのにな」

「別に音楽が嫌いなんやない、あんたの、うるさいギターが嫌いなだけや」

「はいはい、そうですか、なんや、ハナミズキ、好きなんやったらCD焼いたろか」

「ええわ、あんたのギターがうるそーて、音楽なんかゆっくり聴いてる暇ないからな」

「あーそうですか、すいませんね、ほんじゃ、そろそろ出かけます」

「はぁ、いってらっしゃい、奈菜ちゃんによろしくな」

冗談なのか、本音なのか、とにかく平坦な抑揚のない言い様である。僕は、鞄から鍵と煙草と財布だけをポケットに詰め込んで家を出た。

バス停に立つが、次のバスまで、まだたっぷりと十五分あった。JR明石駅まで徒歩で行くことは出来ない。しかし、朝霧駅までなら徒歩で一五分とかからない。僕は、銀杏並木に沿って、ＪＲ朝霧駅へと向かう坂道を南に歩き始めた。昨日とは違うなめらかな日差しは、熟した銀杏の紅葉の隙間から僕の肩を撫でる。

「お遍路さんに出るならこんな日がいい」

僕は日和の良さに、ふとそんなことを思う。菅笠を被り、輪袈裟を首に掛けた白衣のお遍路さんは、金剛杖と云う杖を片手に、四国を巡礼する。この杖はその昔、まだ巡礼が命懸けの行為であった頃、弘法大師が、巡礼者を励ます意味で考案したものだ。

「この杖を私だと思いなさい、同行二人、私は、何時でも貴方の支えとなって、貴方の傍にいる」

丁度、秋の巡礼者は、こんな滑らかな日差しの下を、この言葉を信じ、そして励みとして、弘法大師に支えられながら、困難な巡礼を、終には、成し遂げたのだろう。同じ日差しの中を僕は歩いている。胸の裡には化け物が同行し、そして、その化け物が握って離さぬ、パンドラの錠剤を、ポケットに忍ばせたままで。僕の中の化け物は、決して僕の中から消えたりはしない。僕の果てしない巡礼は、何時、成し遂げられるのだろう。

平日の吹きっ晒しのホームは人が疎らだった。慇懃無礼なアナウンスは、新快速電車がこの駅には止まらない為、次の明石駅で乗り換えねばならない事を不特定多数に告げる。

ベビーカーを押す、そう若くもない金髪の女性と共に、僕はホームに滑り込んできた普通電車に乗り込んだ。閑散とした車内の広告に目を通す暇もなく、電車は明石駅に到着する。一旦二番ホームから下車した僕は、新快速電車が到着する四番ホームへと移動しながら、到着時間を知らせる為に奈菜にメールをする。奈菜は、車で姫路駅まで迎えに行くと返信してきた。

思えば強行軍だった。この時間から奈菜の実家に向かい、状況を説明した後、荷造りを始め、明日の午前中には引っ越しをしようと云うのである。しかし、時間に押されなければ気持ちが折れてしまいそうな僕には、その慌ただしさが丁度よかった。時間に余裕があれば、折角の決心が二の足を踏んでしまいそうだった。奈菜と離れる事、子供達と離れる事、それは、とりもなおさず、この胸の裡にいる化け物と、僕が、また二人きりになると云う事である。恐ろしかった、何時、化け物に食われても怪しくはない。僕の頼りない勇気が悲鳴をあげているのが分かる。事態は、化け物の都合の良いように進んでいるのかも知れない。僕は勝てるのか。僕はあの女に、果たして勝てるのだろうか。

奈菜の実家に着き、事の顛末を説明すると、奈菜の両親の表情には複雑な色が浮かんだ。彼らはきっと、心情的には、僕の存在を許しているのだろう。もし、匡宏のトラウマがなければ、この人のよい両親は、直ぐにでも結婚を認めてくれていたに違いない。

「これで暫く、お目にかかることが出来なくなります」

この一年と少し、僕らの生活を、すぐ近くで見ていた彼らは、僕が別れの挨拶を終えると、眉の間を狭くした。

「二人が信じ合っていれば、いずれ、必ず、機会は来るから」

自分達の意見を強要してしまった事を、この二人は、心の中で僕に詫びている。こんな自分に頭を下げている。そう思うと、この二人が、心から愛おしく思えた。今までに僕が出逢った事のない、純真な愛を、この人達は持っている。僕の中には存在しない、言葉ではない、感覚としての愛情の源泉を、この人達は持っているのだ。この人達と家族になりたい。僕はその時、そう思った。

神戸に持ち帰る荷物を最低限に整えた。冬服と、ギターと、パソコン、その他は身の回りの物だけ。神戸に帰るとは云っても、子供達の問題がある、十日と姫路を留守にする訳にもいかない僕は、姫路と神戸の両方に寝具を用意せねばならなかった。

「じゃ、行ってくるね」

「土曜日には、絶対に帰って来るんやろ」

真奈も、有紀も、今にも泣き出しそうな顔で、そう僕に質問をしてくる。

「うん、必ず帰って来る、心配せんでいいから」

「絶対に」

「うん、絶対に帰ってくるよ」

「絶対の絶対やで」

「うん、大丈夫やから、いい子ちゃんにしててな、ママを困らせたらあかんで」

「はぁい」

なんて顔をするんだ。後ろ髪を引かれるとは、まさにこの事だろう。でも、この子達のこの顔が、この切なく、悲しい顔の記憶が、僕が、あの女と戦う為の大きな武器になる。

……勇気をくれて、ありがとう……

僕は、心の中で子供達にそう呟くと、何時までも手を振ることをやめようとしない三人を背に、バス停へと向かった。

バス停で、借りていた軽トラックを友人に返却し、僕はそのまま姫路駅へ向かうバスを待った。この辺りは一時間に一本しかバスが通らない。僕は、殆どまた無意識に取り出していた煙草に火を点けていた。

国道を行き交う車は、まだ午前中の慌ただしさがそのままで、どれも忙しそうに、それぞれの目的地を目指している。どの車に乗る人達にも目的があり、その目的を遂げる為に、それぞれが、それぞれの思いの中、この車の流れを作っているのだろう。

ここに来てから、僕らもよく、彼女のお母さんの車を借り、西へ、東へと出掛けたものだ。キャンプ、川遊び、遊園地、公園。この子らの実父である匡宏が、土足で踏みにじった子供達の中の何かを、僕は、必死で修復しようとしていた。偽善かも知れない、自己満足と言われれば、実際、そうなのかも知れない。子供達の為と言いながら、実は、もう会う事も叶わない娘に対する贖罪の、代用をしているのかも知れない。自分は間違っているのか、どうする事が、何が正しいのか、淡々と、流れる車に目をやりながら必死に考えていた。

気がつくと、いつの間にか幽《う》っすらとした涙が頬を濡らしていた。それは、犬を殺した時の涙でもなく、また、ハワイのホテルで、自慰に耽った後の涙でもなく、離れたくなくて、何時も傍に居たくて、恋しくて、恋しくて、切ない、きっと、そう表現するしかない種類の涙だった。その一筋の涙を指で拭い、その濡れた指先を凝視《みつめ》ながら僕は思う。

人を、愛しました。心から人を、愛しました。これは、初めて流す種類の涙で、今迄、一度も流したことの無い、涙でした。

確かに僕は、彼女たちを、愛しています。他の誰の代わりでもなく、間違いなく、彼女たちを、愛しています。

先生、僕は、涅槃になんて興味ありません。悟りなんてどうでもいい、神様なんて糞くらえだ。仮令、未来永劫、自分の全てが消えることになっても、僕はこの手を離さない。

今までの僕なら、気の向くままに愛情を垂れ流して、姫路に居座り続けただろう。その所為で、誰が傷つこうが悲しもうが、自分の気持ちを最優先に、この手のひらに縋りつこうとしていただろう。

でもね、先生、今回は違う、自分だけが求めた、自分だけが縋り付いたんじゃない、僕は、初めて、外見でも、能力でも、金でも、名誉でもなく、僕の笑顔だけを必要とされた。ありのままの、僕自身に、この掌は、縋り付いてきたんだ。それは、初めて、初めて僕が得た、僕の命の重さだ。どんな流れにも流されない、しっかりとした、僕の命の質量だ。だから僕は離さない。彼女たちの掌を離さない。心をここに置いて神戸に、化け物と戦いに行く。心から愛する、ここの、この人達と、生きて行く為に。

自分の中の予定では、姫路と神戸の中間辺りである加古川に職を求めるつもりだった。

——六——

その日の様子により、仕事が終わった時点で、どちらに赴くかを選択出来るようにしたかったからだ。二回の入院の後、現在、容態が安定している祖母の傍に居続けるのは効率が悪い。兎角、子供と云うのは、アクシデントやイベントが多い、僕はそれに対応できる環境を整備するつもりだった。

大脳新皮質が大きく成長を遂げる時期の真奈と有紀。その大切な時期に、彼女らは匡宏によって、心に癒えることのない、大きな傷を背負わされた。今、本人達はそれに気付いていなくとも、それがどれほど、彼女らの未来に黒い影を落とすかは、自分の過去に照らせば、対岸の火事では済まされない危機感を僕の中に産む。自分の為にも、彼女らの為にも、母や祖母の為にも、僕が重視しなければならない課題が、機動性の確保だった。

明石駅で新快速を下車した僕は、構内の吉野家で腹を拵え、駅から徒歩、五分ほどの距離にあるハローワークに立ち寄り、幾つかの求人に目を通した。条件に見合う求人は、無かった。それ以前に、年齢制限により、求人自体が本当に少ない。機動性を考える場合、どうしても勤務時間が限定されてしまう。条件に拘束を受ける状態の中での求人検索。ハローワークの検索画面を見ながら、僕は不安の虜になって行く。

……こんな事で、あの子達を、ちゃんと育てていけるのだろうか……

今、現状だけを考えるなら、派遣でも、契約社員でも構わない。それなら、幾らかは条件に見合う仕事がある。しかしそれでは駄目なのだ。目先のことばかりを考え、流され、根無し草の様に生きてきた今までの自分ではない。自分には守るべき命があり、その命の行く末に対する責任がある。「取り敢えず」この考えは絶対に捨てねばならない。それは仕事に限らず、生活全般、全てに於いて捨てねばならない。自分勝手に死ぬことを、自分の中で禁じた僕には、その行いに、どんな結果が生まれるかを、できる限り考えねばならない義務があるのだ。定年まで務められる職場、こんな事に思いを馳せたのは、生まれて初めてである。

この駅前に溢れる、普通の人達の苦悩と云うものを、僕は初めて味わっている。

普通に生きる。なんと困難な課題なのであろう。ある種の敗北感を胸に、僕は、朝霧へ向かうバスに乗り込んだ。何時もは、時間が掛かる、このバスでのルートを選択しない。しかし、今日はこのバスに揺られ、二十分のロスをする事を、僕は敢えて選んだ。

道。特に田舎道と云うものは、変化が乏しく、年齢を忘れさせてくれる。変わらない道と、その道の沿いに並ぶ、変わらぬ風景。僕は、余りに凄まじい、この一年での自分の変化を理解したかった。何が、何故、どうして、どう変化したのか。それを理解しようとする時、一見、変化のない生活道路を、ゆっくりと通るのがいい。

人の時間は、絶え間なく変化する。自分が通り過ぎたその時間の後ろには、もう二度と変わることのない過去しか存在しない。それはデジタルカメラがその瞬間を、ただの光と影の混合物として、デジタル信号に変換し、記録する様に、平く、重さの無い思い出が残る許りだ。そしてそれは、時として思い出すことが困難で、人は同じ過ちを繰り返してしまう。今の僕は、それがとても嫌だった。

このバスの路線には、沢山の思い出がある。変わらぬ風景の中に刻んだ過去の思い出を、僕は探し、そして拾った。変わらぬ道の上で、変わらぬ風景の中で、幾つもの自分を探した。僕は間違っちゃいない、僕は大丈夫だ、そう思いたかった。絶対に負けるもんか。そう思いたかった。

バスは、たっぷりと二十五分を掛けて降車するバス停へとたどり着いた。携帯で時間を確認する、時計は午後二時を少し回っていた。停車しているバスの前を横切り、南側の歩道へと渡る。病院の前の販売機で清涼飲料水を一本購入し、僕は実家へと戻った。珍しく玄関の鍵が掛かっていない。玄関の扉を開けると、靴が散乱している。どうやら弟の勝之と、その妻の純が来ているようだった。

「あれ、皆さんお揃いで、どないしたん」

「あぁ、お帰り、今日はな、ばーちゃんデイサービスやから、この子らに買い物連れて行ってもらってたんや」

母は何時になく、ニコニコとした笑顔で僕の質問に答えた。

「なんや、あんた気づかへんの」

「え、なにが」

ニヤニヤとしている勝之と純の視線の先を見る。

「ほら、目の前にあるやん、座椅子や、座椅子」

「あぁ、ほんまや、なんや、ピッカピカの、真っ白やんか」

そこには、真っ白い新品の座椅子が置かれていた。母が、いつも座っている座椅子は、もう何年も使い古されていて随分と傷んでいた。祖母が心筋梗塞になり、全介護になってからというもの、母の介護の負担は一気に大きくなっている。一番の難点は祖母が一人でトイレに行けなくなった事。いくら九十一歳の小さな老人と言っても、体重は有に四十キロ近くある。それを持ち上げ、ポータブルトイレに移乗させるのは、六十七歳の母には相当きつい力仕事である。

貴族育ちの祖母は、勿論加齢を差し引いたとしても、随分と我が儘な人だ。自分の介護は、徹底的に、母にしかさせない。母の体調が、どんなに悪かろうと、そんなことはお構いなしに、祖母は母に介助を言いつける。コルセットを巻き、腰をおさえ、引きずるようにして、母が祖母の排泄の介助をしている姿が、どれほど痛々しいか。

「ばーちゃん、僕がやろか」

「あんたはええねん、千賀子に頼んで」

祖母の目には、あの母の痛々しさが見えないのだろうか。僕が女であれば、事情は変わっていたのかもしれない。僕が、何度、祖母に伺いを立てても、僕が介護士の資格を習得して尚、祖母は、頑なに、僕に介助を許さなかった。治まることの無い腰痛を薬で散らしながら、祖母を介護する母にとって、このフカフカの新しい座椅子は、ちょっとした贅沢であり、何か、彼氏にプレゼントをもらった少女の様に、その時の母はとても嬉しそうにしていた。

母と弟達は、安売りのスーパーで購入してきた弁当で遅い昼食を摂った。昼食が終わると少時《しばら》く、僕らは談笑した。弟は会社での愚痴を、冗談交じりに母に話し、母を笑わせていた。祖母が留守の時の母には、こんなに笑顔がある。

祖母が退院する時、家族全員、病院やケアマネージャー、関係者全員によるカンファレンスが設けられた。祖母を、中間施設の老人保健施設に一旦、預けるべきかどうかの話し合いである。僕は、今後の介護を考えて、祖母を老健に入れる事を提案していた。しかし、実際問題、これほど我が儘な祖母には、施設での暮らしは難しいのかもしれない。

「施設にいれたら認知が進んだらどうするん」

恵美子おばさんは、祖母を施設に入れることに反対だった。

「私もできる限り協力するから、おばあちゃん、家に連れて帰ろ」

おばさんのこの一言で、祖母は自宅に戻り、介護は、居宅介護のケアプランが設けられた。勿論、おばさんもできる限りの協力はしてくれていた。しかし、ご主人や娘の居るおばさんは、昼間しか介護に協力出来ない。本当に大変な夜の介護が、母の顔から笑顔を無くしてしまっているのだ。おばさんの反対を押し切るべきだったたか。こうして母の笑顔を久しぶりに見ると、一抹の後悔が僕の胸を過ぎった。

談笑の余韻を残しつつ、勝之と純は帰路に就いた、それを送り出した後、母は嬉しそうに、真新しい座椅子に座り、テレビを見ていた。しかし、暫くすると、母がふと僕に視線を移し、話しを始める。

「あかんわ、お母さん風邪ひいたんかな」

「ん、どないしたん」

「さっきから、頭が痛いねん」

数日前、僕は軽い風邪をひいていた。

「僕の風邪、移ったんちゃうか」

「そうかなぁ、ちょっと、熱計ってみるわ」

そう言うと、母はペン立てにある体温計に手を伸ばし、自分の脇に挟むと、また黙ってテレビに視線を戻した。

「どない、熱あるん」

ピピピと云う電子音が母の脇から微かに響き、僕は何気なく母にそう質問した。

「うん、そうやな、熱は全然ないわ、こないだ、あんたが買ってきた風邪薬、まだ残っとん」

「あぁ、まだあるで」

「でも、風邪薬飲んだら眠たなるからな」

「んじゃ、僕のロキソニン飲んどくか」

「あぁ、あかんねん、お母さんな、ロキソニンは身体に合わへんねん、でもそうやな、ほんなら、鎮痛剤飲んどこか」

母はバファリンを取り出し、台所に立つとそれを服用した。柱の時計が十七時を刻むと、テレビを見るのを止め母は台所へ立った。

「あんた、お母さん、今日買い物行ってたから、晩ご飯これでええか」

母は、そう言うと明太子のクリームソースがトッピングしてあるフランスパンとカツサンド、コロッケサンド、そしてカレーパンを二個、僕の前に差し出した。

「晩ご飯にパンはあかんか、あかんのやったら、なんか作ろか、ばーちゃんにはチラシ寿司、買うて来てんけどな」

昼食が牛丼だった僕はそんなに空腹ではなかった
「いやいや、昼飯に牛丼の特盛食ったから、全然パンでええよ、このカツサンド旨そうやんか」

「そうやろ、これで190円やで、このカレーパンなんかなぁ、50円や、そやから言うて、不味ないからな」

「ふーん、流石は大黒天やな」

「ほんなら、悪いけど、パンで我慢してな」

母は、僕らのパンと、祖母のチラシ寿司を流しの上に取り出し、夕食の準備を始めた。

「あんた、どれ食べるん」

母が食卓に運んできたパンの中から、僕は、迷わずカツサンドとコロッケサンドの入っている容器を自分の前に引き寄せた。

「ふーん、ほんなら、お母さんこれ食べるで」

そう言うと母は、明太子のフランスパンを手に取った。

「カツサンドとコロッケサンド、一個ずつな」

「いらんいらん、あんた、それ全部食べて、お母さんはこれだけでええねん」

「えー、なんや、熱はないんやろ、あかんやろ、もっと食べな」

「頭痛いねん、それにな、なんかムカムカしてな、あんまし食欲ないねん」

母は、明太子のフランスパンを食べ終えると、それ以上はパンに手を出すことはなかった。

「あぁ……なんやろこれ、こんな頭痛いの、お母さん初めてやわ」

僕は、神戸から加古川に掛けて出ている求人情報を、パソコンで検索していた。

母はテレビのハードディスクに録画している番組を静かに見ている。僕の視軸の中心はパソコンに据えられている。しかし、そんな僕の視界に、母が座椅子から立ち上がろうとする姿が映った。母は、台所で愛用のマイルドセブン６㎎に火を点けると、そのまま何も言わず、無言でトイレに向かって歩きだした。こうして思い出してみると、あの時の母の顔色は非常に悪かった様に思えてしまう。

〔お母さんな、暗いトイレが、一番落ち着くねん〕

母はトイレに行く時、必ず煙草に火を点ける、そして、たとえ消灯した夜中であっても、トイレの電気を点けずに用を足すのである。夜中、用を足そうとトイレに行くと、電気が消えているのに鍵が掛かっていると云う状態に、僕は度々、驚かされた。

「なんで電気点けへんねん！　びっくりするやろ！」

「ええねん、お母さんはこれがええねん、ほっといて」

母にはこういうところがある、たとえばコーヒーの濃さであるだとか、何度注意しても、何故か改めない部分があるのだ。奇妙な母の癖。しかし本人が好むのなら、別段、害が有る訳でもない。僕はコーヒーと同じく、いつしかそれを注意することを、しなくなっていた。

それは、色でもなく、匂いでもなく、例えば粒子が持つ波長、波のようなものだろう。確かに、ある一瞬、その波のようなものの流れが乱れる、そう、それは本来ならば右折しなければならない交差点を、ぼうっとしていて、直進してしまった時の焦燥感の様な、そんなものが僕を襲った。僕はハッと辺りを見回す、母の存在がそこにない。否、それは分かっている、確かに母は煙草に火を点け、トイレに立ったはずだ。あれから何分経っている、分からない、それが判らなかった。

「お母さん」

僕は、浴室やトイレ、そして玄関にかけての暗がりに向けて声をかけてみた、しかし返答は得られない。

「今日は、粗大ゴミの日やったかいな」

そんな事を思いながら、僕は祖母の方を見た。録画が終了し、静止画像になっているテレビの画面を、祖母は退屈そうに藪睨みしている。僕はテレビを地上波に切り替え、母が向かったであろう、その暗がりに足を向けて立ちあがった。

「お母さん」

矢張りなんの反応もない。僕の頭の隅で、その時、既にその日常には無い波長の様なものを、確かに感じてはいたのだと思う。しかし、これまでの経験則と云うものは、兎角、その法則性を順守しようとする。何気ない日常は、何気なく続くものだと、誰もが信じて疑わない。僕の頭の隅にある僅かな違和感を、その経験則の法則性が否定をする。

「お母さん」

僕は、電気の点いていないトイレの前に立ち、その室内に呼びかけてみる。経験則の法則性は、やがてその勢威を失い、頭の隅にあった違和感が、大きく膨らみ始める。

「ちょっと、お母さん、おらんのか、お母さんて！」

僕は、トイレのノブを握り右に回した。

鍵が……掛かっている……

その瞬間、僕の頭の中に母の癖が蘇り、僕の頭の中の違和感が爆発する。

鍵が掛かっている扉を、どうすれば開けることが出来るのか、意識はそれにだけに集約された。問題を解決するには、先ずこの扉を開かねばならない。しかし、ここでも日常の価値観が、方法の選択肢を制約する。たかが室内のトイレの扉である、しかも１９６４年製だ。何も考えず、力ずくでこじ開ければよかった。だが、日常の価値観がそれを否定する。扉を壊してはいけないと僕に忠告をする。僕はドライバーを探しに物置に行く。プラスドライバーは、日頃よく使用するので直ぐに見つかる。しかし、この扉を開くのに必要なのは、マイナスドライバーなのだ。無い、見当たらない。そこで僕は、漸く自分が日頃、後生大事に持ち歩いている十特ナイフの存在に気づく。玄関左側の部屋に投げ込んだ自分のジャケットのポケットを探り、ナイフを取り出しトイレの前に立つ、その間、何度呼びかけてみても、母からの返答は得られない。もうこの扉の向こうで、何がしかの原因で、母が意識を失っているのは疑いようもない事実なのだ。それなのに、僕は、扉を壊してはいけない、そんな、常識に縛られ、母の取り戻すことの出来ない時間をドンドンと無駄にして行く。

鍵の代わりにナイフを差し込み、右にひねると、鍵は造作もなく開いた。

１９６４年製の設計であるこの団地のトイレは有り得ないぐらいに狭い。大人が便器に腰掛けると、自分の膝と壁の隙間は二十センチ程度しかないだろう。そのたった二十センチの隙間から、いったい、どの様な倒れ方をすればこうなるのか、母の頭は、その隙間をくぐり抜け、地面に着いている。

逆さに向いた首は無残に折れ曲がり、用を足している途中だったのだろう、ズボンを脱いだままの状態で、嘔吐物に塗れ、頭から逆様に倒れている。口から泡を吐き、右目の瞳孔は完全に開き、ほんの少し前の、何時もの母の姿からは、想像も出来ないほどに掛け離れ、変わり果てた母の姿がそこにあった。

火を点けて入った煙草は、まだ少し長いままに転がっていた。それは、つまり、母がトイレに入った直後に倒れたことを意味する。気温の低いトイレに入ると、必然的に人体の血管は収縮する、そこに煙草である。気温で縮んだ血管を、更にニコチンが収縮させる、その状態で便を出すためにいきむ、何十年とこの繰り返しをしていれば、不思議でもなんでもない、脳の血管が切れるのは、当然の結果なのかもしれない。

「お母さん！」

母は、僕の呼び掛けになど答えない
「ぶぅぅぅいぅぅ」

それは、声でも呼吸でもない。凡そ、この世で聞いたことのある、どんな音でもない擬音が、泡と共に母の口から漏れているだけである。何から手をつければよいのか分からなかった、が、しかし、僕は、無理やりトイレに入り母を抱き起こそうとした。だが、ここ数日、乖離の再発で蝕まれた体には、自分が思うように、上手く力が籠もらない。何度も、何度も母の体を壁にぶつけた。狭い、どう仕様もなく狭い、このトイレのレイアウトが、母を抱き起こそうとする作業を困難にする。ガッ！、母の頭を壁にぶつけてしまう。「グゥ！！」母の口から、声にならない声が漏れる。自分の手やズボンが、母の汚物で汚れ、たいそう滑る。渾身の力を振り絞り、母を便器に座らせた後、母を寝かせる為に布団を敷きに僕は寝室に行く。馬鹿な話である。その時、ご丁寧に、汚物が布団につかぬように、僕はビニールシートを探して敷いた。どうしょうもない馬鹿だ。その無駄な工程が、また母の時間を削り取る。

「お母さん！」

「しっかりして、お母さん！」

布団と、その上にビニールシートを敷いた後、僕は母を運ぼうと、再びトイレに戻る。母の全身の筋肉は完全に弛緩していて、驚くほどに重かった。力任せに母を抱き上げる、すると、次に僕の作業を、あの大きな洗濯機が邪魔をする。母を抱いたまま通るには、通路は余りにも狭かった。また力ずくである。当然、母の体をまたあちこちでぶつけることになる。母を布団に連れて行き、漸く、僕は次の工程である電話に取り掛かる。考えてみればまたここでも、全く無駄な工程を一つ、僕は挟んでいる。母を便器に座らせた時点で、電話をするべきだったのだ。どうしょうもない……馬鹿だ……

祖母は、全く母の異常に気付いていない、何時もの様にテレビを見ている。非現実から、切り取られた日常がそこにあった。

僕は固定電話で119番、そして携帯電話で、弟に同時に電話を掛けた。

「はい、もしもし、兄ちゃん、どないしたん」

僕は弟のそれには答えず、携帯の受話器ごしに119番通報をする。通報内容を聞けば弟に伝わると思ったからだ。携帯の向こうでする、鍵を握る音や煩雑なそれらから、弟の狼狽がつたわってくる。

「兄ちゃん、直ぐ行くから」

救急車は五分程で到着した。救急隊員から母の状態の説明を受ける。

「くも膜下……出血……」

母の病歴には一切なく、脳なんて、全く予想もしていなかった。酸素マスクを装着して母は救急車に直ぐさま運び込まれた。しかし、救急で、脳を扱える病院は意外にも少なく、母を受け入れ出来る病院がなかなか見つからない。その間にも、刻一刻と母の容態が悪化していくのが判る。

「待って下さいね、今、全力で探していますから」

母の痙攣する姿に焦燥が胸を焼く。

「見つかりました、須磨です」

須磨なんて、ここからなら、少なくとも二十分以上はかかる。しかし選択の余地はなく、救急車は、それまでの時間を少しでも取り戻そうと猛スピードで走り出した。僕と母が病院に到着して、すぐ電話で急を知らせた弟が病院に駆けつけてきた。僕らは救急治療室の閉ざされた扉を、ただ、凝視《みつめ》るしかなかった。

「お母さん、大丈夫やんな」

色を失った弟の目が僕に向けられる
「大丈夫やって、少々、麻痺が残っても、命は助かるって」

母が倒れる以前、祖母は二回も命の危機を脱している。きっと、きっと母も、大丈夫な筈だ。僕は祈る思いで自分に言い聞かせると共に、弟にそう伝えた。処置を受けた母は、次にMRI検査の為、救急治療室から運び出された。母の顔は、倒れた直後より、随分、良くなっているように見えた。

「大丈夫、大丈夫や」

僕らはMRIの結果を待った。再び救急治療室に母が移されると、直ぐ僕らは主治医に呼ばれた。スチール製の医療器具の中に、木製の丸い椅子が二つ有り、主治医は、その椅子へ座る様に僕らを促した。

「大変厳しい事を申し上げますが、お母様は大動脈瘤が破裂していて、レベル5、手術をしても、二度と意識は戻らない、最悪の状態です」

「そ・そんな……」

底の見えない真っ暗な谷底に突き落とされたように、逃れようのない絶望感が背中に張り付いてくる。

「でも、命は助かるんですよね」

「今から手術の準備をしたとしても、それまで持つかどうか、仮に持ったとしても、もう、麻酔に耐える、体力が」

背中に張り付いた絶望が、肩越しに、耳から、終には、頭の中を支配していく。

「じゃあ、もう、母は」

「身近な親族の方には、直ぐに連絡をして下さい」

現実が、どうしても受け入れられなかった。

「それでもいい、少しでも命が助かる可能性があるのなら、手術をやってください！」

「分かりました。では、手術をする方向で、準備に入ります」

主治医は、悲しみとも、哀れみとも覚束ぬ色を瞳の奥に隠し、僕らにそう言った。

出来る事なら母の傍に居たかったが、僕らは再び待合に出された。喘息に苛まれた夜よりも、あの親子を破滅させてやろうと耐え忍んだあの十年の歳月よりも、今迄、経験した、どんな長い時間よりも、その時間は長かった。

「丸山さん、先生が、お話があるそうです」

留め金が外れたバネの様に立ち上り、僕らは母の居る救急治療室へと飛び込んだ。主治医が母の横に立っている。そして主治医は、母につながれたバイタルのパラメーターを指さして言う。

「血圧がどんどん下がって来ました……手術は……不可能です……厳しい事を言うようですが、仮に植物状態で生命を維持するなら、その費用や労力は、膨大なものになります、正直に申し上げます、延命は、お勧めできません、ご家族の皆様で、お話し合いなさって下さい」

延命処置。何日か、命を繋げるためだけの技術。

「兄ちゃん、お母さんなら、どっち選ぶと思う」

沙羅沙羅と、体の中心に、乾いた砂が降って来るような気がした。金も、力も、仕事もない。今の僕には、何をする力も、何を決める力もない。乾いた砂は、やがて僕を埋めつくし、その微細な粒子の中で、僕は粉々に分解されて行く。

「僕は、僕なら、みんなに迷惑かけて、命を繋げたくはない。多分、お母さんも、それは、望んでないんちゃうかな」

弟の声が、頭の中を回る。クルクルと、母の想い出や笑顔と共に回る。「延命は望まない」、その文字が、貧しいキリシタンに、踏み絵を迫る代官や役人の様に、僕に決断を迫る。

「この事か、これの事なのか」

先生は言っていた。

「慎也くん、煩悩の火を消せないまま、その手を握っては駄目。今、貴方がそこに縋れば、貴方は、きっと後悔をする、貴方は化け物の餌になるだけ、それでもいいの、貴方の偽善がまた誰かを悲しませる、それに耐えられなくなり、貴方は、あの女に喰われる。貴方は奪われるわよ、貴方が、大切にしている、他の何かを、あの女に、全部、奪われるの」

恵美子おばさんが、僕の背中越し、主治医に母の状態の説明を受けている。僕は、独り建物の外に出た。煙草を何本灰にしたろう、再び病院に戻った僕は、トイレに入り、鞄の中を探った。薬の入ったパッケージは直ぐに見つかる、僕は、パッケージを破り、中にあるボトルを取り出した。数ある向精神薬の中でも、最も強力にして、しかしその代わり、最も恐ろしい副作用があるという悪名高いそれは、わずか10mlほどの小さな瓶に入っている毒々しいオレンジの液体だった。心拍数が上がって行くのが分かる。僕の身体は、僕の脳は、こんな時ですら、こんなものに反応する。胸が焦げるように、それを身体に入れたいと願っているのだ。それに手を伸ばそうとする、僕の中の、あの、女の為に。

「死んで仕舞えばいいのに」

死んで、仕舞えだと……お前の方が死んで仕舞え！　受け入れてやる、もうお前を、一切、否定しない。だが、今度は、僕が、お前を許さない。お前を死ぬまで、この身体から、この檻から解放しない。この檻の中で、もがき苦しむがいい。瓶を振ると、オレンジの液体の中を、綺羅綺羅とした結晶が舞うのが分かる。

「さぁ、これを見ろ！　欲しいか！　欲しいだろ、僕は、お前を許さない、絶対に許さない、さあ、苦しめ、もっと、もっと苦しめ！　僕は、二度とお前の声は聞かない、奪うなら奪えばいい、何をされても、何を奪われても、僕は諦めない、神も、仏も、関係ない、ただ、純粋に、僕はお前を憎む、お前を必ず、滅ぼしてやる」

僕は、瓶を再びパッケージに戻し、鞄の中にしまった。

トイレを出て集中治療室へ行くと、もう母は一般の病室に移されていた。信じられなかった。どうしても信じられなかった。さっきまであんなに元気だったのに。凡ゆる後悔、そして悲しみが、マシンガンの弾丸の様に飛んでくる。きっと、その弾丸に打ち抜かれ、自分を忘れてしまえば、そして、泣き叫んでしまえば、楽になれるのかもしれない。だが、その悲しみが僕の胸を貫かないのは、自宅に居る祖母の所為だ。

勿論、加齢の仕業もあるだろう。九一歳にもなれば、人並みの理性を祖母に求める方に無理がある。我が儘であることは、責められはしない。しかし、母は、祖母の介護に命を奪われようとしている。憎い、介護と云うものが、本当に憎い。しかし母が、文字通り命を掛けて面倒を見てきた人だ。母が居なくなると云うことは、待ったなしの祖母の生活を、今度は僕らが守らねばならないと云う事なのだ。祖母が自宅で待っている。僕はここで悲しみに貫かれて、現実を投げ出す事は許されない。祖母をなんとかしなければと云う思いだけが、僕の正気を保っていた。

恵美子さんの家には、勿論、彼らの家庭の事情が有る。弟夫婦にも、そして、僕にもそれぞれの生活と云うのがある。祖母の為に、それらの事情を全て犠牲にすることは、誰にも出来ない。母だけが、祖母の犠牲になって来たのだ。今、自宅では、恵美子おばさんの娘の静音ちゃんが祖母を見てくれている。皆が、それぞれ出来る範囲で、手分けをして事に当たってくれている。母の容態が変わるのは時間の問題だ。全介護の祖母を抱えて、何時、急変するかもしれない母の傍に皆が居るには、取り敢えず、祖母をどこかの施設に預けなければならない。時間は午前四時、僕は弟に母を任せて、祖母の受け入れ先を準備するために一旦、自宅に戻った。

自宅に戻り、祖母の介護関係の書類、担当の名刺などを探すが、これが、なかなか思うように見つからない。何もかも、母が一人で管理していた為、何が、何処にあるのか、皆目分からないのだ。それでも、介護関係に関しては、最初の介護計画を作成した当初、僕が通っていた学校の系列のケアマネージャーにお世話になっていたので、それはなんとかなった。母の容態は、何時変わるかわからない。僕は、施設と連絡が取れるまでの時間を埋める為、奈菜に無理を言い、奈菜に早朝から車で自宅に来てもらった。彼女は、僕と同じ介護士である。もし、施設の営業時間に母の容態が間に合わなければ、祖母を彼女に任せて病院に駆けつけるしかない。本当に、ここからは時間との戦いになる。祖母をこれほど重荷に感じたのは初めてだ。祖母は、こちらの都合などお構いなしに、何時も通りの時間に起き、トイレを済ませると食事を要求する。

「あんた、お母さん、どないやったん」

抑揚のない話しぶりで祖母が僕に質問をする。

「お母さん……もう……あかんわ……」

「ホンマか、可哀想にな、ほんなら、あんた、そこの引き出しにな、通帳入ってないか見てんか」

お金は全て母が管理している。だから、そんなオムツや介護用品が入っている様な引き出しになど有るはずがない。しかし、万一を考えて一応探しては見るが、矢張りない。

「ばーちゃん、ないよ、ってか、今そんな場合じゃないやろ」

「おかしいなぁ、あんた、次、そっちの引き出し開けてみて」

祖母は全く僕の話しなど聴いてはいない。母が亡くなるという現実より、今後の自分の事が心配で仕様がないのである。

「あんた、そこの引き出し開けてみて」

何十回、祖母はこの言葉を繰り返しただろう、僕は取り敢えず見つける事ができた祖母の通帳や保険証書を、全て祖母の横に置いた。

「ばーちゃん、お金は、お母さんが管理してたから、僕らにはわからへんねん」

「おかしいなぁ、私は一円も使ってないのになぁ、ほんで、私はどないなんの」

「お母さんが居なくなったら、もう、誰もばーちゃんの傍にずっとはおられへんやろ、取り敢えず、ショートステイに行っててな」

「嫌や、私は行かへんで」

「なんで、ばーちゃんを一人にできんやろ」

「なんであんたらの都合で、私がそんなとこ行かなあかんの、行けへんで」

「ばーちゃん！　いい加減にしいや！　普段の時と訳が違うねんで！　ばーちゃん見ながら葬式できんやろ！」

「嫌や、行かへん言うたら行かへんねや、ここに一人で居る」

「ばーちゃん！　その我が儘が、お母さんを殺したんが、わからんのか、ばーちゃんが我が儘通すから、お母さん、こんな事になったんやで」

「なんで私の所為やのん、私の所為にせんといて」

こんな人の為に母は……

「あんた、そんな事より、そっちの引き出し開けて見て」

奈菜が、午前七時過ぎに到着し、それと前後して恵美子おばさんも戻って来ていた。八時過ぎから、施設関係やケアマネと連絡を開始し、祖母を受け入れてもらえる先の準備ができたのが午前十時頃、まだ弟からの急を知らせる電話はない。施設からの迎えが来るのは十二時。本当なら、気持ちとしては、こんな薄情な祖母など見捨てて、今直ぐにでも母の元に行きたい。強烈なストレスを感じながら、僕は施設の迎えを待っていた。

十二時ジャストに施設の迎えがやって来て、僕は祖母をショートステイに送り出す。きっと昨日から何も食べていないであろう弟夫婦の為、パンや弁当を少し買い込み、僕らは母の病院に向かった。

病院に着くと、目を泣きはらした弟がやぶにらみをしている。

「ちょっと帰って、寝てこいや」

「うん、ありがとう、ちょっと、帰ってくる」

何時もなら、一度や二度、必ず遠慮する弟が即答する、きっと、もう限界だったのだろう。やがて、奈菜や恵美子さん達も一旦、自宅に帰り、僕は、母と病室で二人きりになった。

母の顔を見る。半眼で、相変わらず瞳孔は開いたままだ。身体中のいたるところに管や線があり、それが酷く痛々しい。もう呼吸をしているだけ。僕は、母の横の簡易ベッドに横たわり、母の事をゆっくりと考え始める。

多分、もし世間並と云うものに照らしてみるなら、スキンシップも、言葉も、足りない人だった様に思う。一度、母にそれを問うた事がある。

「お母さんな、あのばーちゃんに育てられたやろ、だから、お母さんは、精一杯やってる積もりやねんけどな、何処か、人として、足りないとこが、あるのかもしれんな、気持ちが伝わってなかったんなら、ごめんな」

人には、それぞれに与えられた質《もの》があり、十人いれば、それは十人十色だ。自分が望む優しさと云うのを持たぬ人を、あの人は酷い人だと決め付けるのは、それは如何なものだろう。利害に関係なく、人が、人に何かを与えようとする時、それが、如何に自分の望まぬ形であったとしても、優しさや、思い遣りは、毅然としてそこにあるものなのだ。きっと、母の優しさや思い遣りは、僕が望む形ではなく、僕には分かり難いものだったのだろう。そういった視点で僕は母の事を考えてみた、すると、おもいもよらぬ、母の優しい一面に出会う事が出来た。

その昔、石田三成が島左近を自分の禄高四万石から二万石を出して召し抱えたのと云う逸話がある。四万石から、たった一人の家臣の為に二万石を割くと云うのは、それは並大抵の事ではない。人には、それぞれに、経済にしろ、時間にしろ、愛情にしろ、それぞれが自由に出来る限界がある。

確かに、母の愛情は僕にとっては不足していて、その事に対して僕はこれまで、ずっと母を恨んで来た。どうして人並みに与えてくれぬ、そう恨み、他人を嫉み、僕は生きて来た。だけど、あの時代、母の居た環境や、立場を、僕は念頭に入れていなかった。母は、あんな父に翻弄され、余裕などなかったのだ。

百万円を持つ人が、誰かに十万円を与えるのは容易い。しかし、一万円しか持たぬ人が誰かの為に十万円を与えようとするなら、それは、与えられる方の望む様に、与えられないのは当然である。

お母さん、

いっぱい、いっぱい、愛してくれて、ありがとう

僕は、こんな歳になって、
もう、意識の戻らないお母さんの横で寝ていて
初めて、そんな事に気づく、愚かな人間です
ごめんなお母さん
冷たい人やと思ったりして、ごめん
酷い人やと決め付けたりして、ごめんな
お母さんは、
お母さんの立たされた場所で、

許される限り、
頑張って、
僕を愛してくれたんやな
沢山、沢山、
自分を犠牲にして、
愛してくれてたんやな
ごめんな、お母さん
ホンマ、ごめん

二時間置きに、様子を見に看護師が部屋を訪れる度に微睡みから覚める。もうまる二日以上ちゃんと眠っていない。夜、十時を過ぎる頃、恵美子おばさん達が来てくれる。バイタルはかなり上がり、母の容体は安定していた。僕らは、祖母の身の振り方について話しを詰める。母に対するあの祖母の態度を見ては、もう誰も祖母を、老健か特養に預ける事に反対はしなかった。祖母が最初に倒れた時点で、僕がもっと強固に祖母を施設に預ける様に話しを進めていれば。時間が経てば、経つほど、砂漠の砂嵐の様に、何もかもが後悔に埋もれて行く。姫路に行かなければ、祖母の我が儘に付き合わず、強引に自分が介護をしていれば、自分にくも膜下の予備知識があり、母のサインを見つける事が出来ていれば、もっと、バリアフリーを意識していれば、もっと早くトイレで発見していれば、後悔の砂嵐は、どんどんその風力を増して、僕の視界を埋めて行く。

日付は十四日にかわり、弟夫婦が病室に帰って来た。母のバイタルは安定を続けている。僕は、布団を持って無人の待合室のソファに横たわる。疲れは身体を鉛の様に重くしているというのに、意識は剥き出しの神経の様に過敏だ。しかし、それでも、午前三時を過ぎる頃、僕は泥に埋もれる様に眠りに落ちた。

落ちた意識は、一瞬で現実に戻った気がした。時計を見る、六時五十分。僕は、再び布団を抱えて病室に戻った。恵美子おばさん達はもう自宅に帰っていて、相変わらず、力無く俯く弟と、それを励ます彼の妻。何時もなら、僕は励ます方に回るのだが、流石にそんな元気はなかった。

弟が買って来てくれた珈琲で口の中の気持ち悪さを紛らわす。そこから三十分許り、何を話していたのか、もう上手く思いだせない。しかし、あの光景だけは、母が、トイレで倒れている姿ともに、一生忘れる事はないだろう。

七時三十五分、バイタルのパラメーターが、測定器が故障したかの様に、一気に下がり出す。あっと言う間だった。本当に、こんなに一瞬で、終わるのか。命って、何なんだ、命っていったい、何なんだ。

十月十四日・七時四十一分・享年六十七歳・母は永眠した。

姫路から戻って、たった三日での母の急死。介護、経済の全てを管理していた母が、トイレに行ったまま、何ひとつ話す事なく、そのまま帰らぬ人となってしまった。つまり、それは、母が管理していた祖母の財産の在り処が、全く分からないと云うことだ。母の葬儀をどうすればいいのか。僕らは悲しむ暇もなく、病室を飛び出し、葬儀屋を探す事に奔走しなければならなかった。病室で、看護師さん達が母の仕度をしてくれる間に、相談に乗ってくれる葬儀屋をなんとしても探さねばならない。祖母だけでも手に負えないと云うのに、どうすればいいのか。

……死んで仕舞えばいいのに……

寝台車が到着する。裏口から、お世話になった病院の方々が見送ってくれる。急な傾斜の坂道を、担架で母が運ばれていく。降り注ぐ光が、薄曇りの所為か幾分グレーに感じる。十月、僕の誕生日も、弟の誕生日も十月。秋に縁のある人だ。ふとそんなことを思う。

母が寝台車に運び込まれ、寝台車は自宅へと向かう。こうして、母と車で走ると、どこも、かしこにも、思い出の欠片が転がっていた。国道二号線、水族館、レストラン、焼き鳥屋、沿線に沿って立ち並ぶ建物には、どこにだって母の思い出を見つけることが出来た。

「長いこと暮らして来たよな、神戸で産まれて、神戸で育って、神戸で、お母さんとずっと一緒に生きてきたよな……そして、明日、この神戸でお母さんを送る……明日が、最後のドライブやな、お母さん」

自宅に着くと、母は寝台のまま居室に運び込まれた。少々雑に感じるが、少ない人数でよくやってくれていると思う。ドライアイスを抱えさせられ、布団を掛けられた母の死に顔を見ると、いよいよ涙が溢れてくる。泣くまい、まだ泣くまい。そう自分に言い聞かせて枕元を離れる。ここで僕が泣けば、弟が泣けなくなる。僕は、自ら祖母の煩雑な用事に埋没していく。涙を忘れるにはそれしかなく、忙しさに逃げる自分の弱さが、少し情けなくもあった。

母の事が一段落した頃、ショートステイから祖母が帰宅した。祖母が母の顔を見る。

「千賀子、あかんかったんか」

「うん、七時四十一分に、逝ったよ」

「そうか、ほんであんたな、仏壇のな、ご位牌の下に引き出しがあるやろ、そこ開けてみてくれたか」

「おばーちゃん、お母さんの遺体が見えへんのんか、引き出しにも、仏壇にも、なんもない言うてるやろ、何回も確認したやろ」

「おかしいなぁ、私は一円もってこてない、千賀子に全部、任せてたのに」

「ばーちゃん、こないだ、ばーちゃん倒れて入院したやろ、それだけでも、どれだけお金使ったとおもとん、お母さんが全部使ったみたいな言い方せんといて」

もううんざりだ……こんな人の為に……冗談じゃない……

しかし、自分の意思とは関係なく、祖母の介護絡みの電話はひっきりなしに僕の携帯に入ってくる。


……逃げ出したい、投げ出したい、くそったれ！……

二十五日まで、なんとかショートステイでつなぎ、その間に、祖母が落ち着く先を探さねばならない。施設を何軒も見学せねばならない、お金の計算をし、祖母を病院に連れて行き、診断書や必要な書類を揃える。自宅を引き払わねば祖母の施設での費用が捻出出来ない。思い出に浸る間もなく、母が二十年住んだこの自宅を引き払う。僕らは備える事の大切さを今、身をもって教えられているのだろう。祖父の備えを疎かにした罰だ。

母の出棺は、翌朝十一時に決まった。祖母の迎えの予約を十時に予約し、僕はやっと母の枕元に座った。仏壇の抽斗から経本を取り出し、正信偈を自ら詠む準備をする。戒名を付けてもらうお金もない。経を読んで貰うことも出来ない。唯一僕に出来るのは、檻の中で毎日唱え、そして、丸暗記してしまったこの経を詠むくらいのことだ。

ロウソクに火を灯し、その火で線香にまた火を点ける。一度、母の顔を確認する。安らかである。薄らとした微笑みが、より一層、悲しげに思える。人生って、こんなに不本意なまま、やり残したことを、そのままに終わらねばならないものなのか。

経本のページを捲る。僕は、初めて、声を出して、読経を始めた。拙いそれが終わると、僕は母の枕元を離れた。僕が母の枕元を離れると、今度は弟が母の枕元に陣取る。弟は僕よりうんとお母さん子だ、ダメージは僕の比にならないだろう。

恵美子おばさんは、弟がまた病んでしまわないか、それを一番に心配していた。母の枕元を離れた僕はパソコンに向かう。母の最後を、そして、その時のリアルな自分の気持ちを、なるべく、正確に記録しておきたかったからだ。思えば、母の死は、独房で死に向き合い、死を考え、死に答えを求めた日々の果てにあった。母のこの不本意な死は、今、僕に何を投げかけるのか、そして今後、僕ら、残された者の人生に、何を投げかけるのか、それを考えるために僕は、母の死を記録し、残すことにした。

朝、目覚めると、既に弟は起き出していて、祖父に供えるお茶と、母の珈琲を準備していた。

「兄ちゃん、ご飯のお供えは」

「あ、それは、ご飯を炊いた時でええねんで」

「そっか、分かった」

母が毎朝やっていた事、今日からは僕らがやらねばならない。線香に火を灯し、僕は昨日の買い物袋を漁る。どんな時でも食べる、それが物事を乗り切る基本だから。

サンドイッチを作り、食卓に並べるが誰も口にしない。僕は一人、サンドイッチを頬張りながら、きっと、今日を、生きて見せると誓う。今日を、今を、必ず乗り越えてみせる、そう心に誓う。

十時少し前になり、祖母を送り出す時間が近づく。僕は、祖母の着替えをさせ車椅子に乗せる。

「ばーちゃん、これで最後になるから、お母さんにお別れして」

祖母は車椅子から母を見下ろし、一言、南無阿弥陀仏と唱えると、また直ぐ箪笥の上にある小物入れの抽斗を開けて調べる事に余念がない。僕はもう、呆れ果て、祖母にかける言葉もない。

十時ジャストに施設の迎えが来る。満面の笑顔で、新しくお世話になるだろう施設の職員に愛想を振り撒く祖母。生きて行く術とはいえ、こうもあからさまであると、どうにもやり切れない思いがする。こうして母と祖母の、永遠の別れが済んだ。

祖母を送り出し、いよいよ、今度は、僕らと母の最後の別れがやってきた。足袋を穿き、旅支度を終えた母の頬に触れる。ずっと母に触れることなどなかった。

いい歳をした男が母親の頬になど、普通、触れないだろう。しかし、いずれ介護する時期がくれば。そんな風に思いながら、ついつい、母に何も出来なかった自分を呪う。もう、母を介護するその時は、訪れはしない。もうこれで、母に触れることは金輪際ないのだ。もっと触れてあげればよかった。こんなに冷たくなる前に、もっと、もっと、もっと。どうして出来なかった。どうして、どうして、もっと優しく出来なかった。涙が、とうとう堰を切って溢れ始める。泣いちゃ駄目だ。でも、涙は、糸の切れた凧の様に、もう自分の意志ではどうにもならない。嗚咽で揺れる背中に、家族皆の視線を感じる。まだだ、まだだ、まだ泣いちゃいけない。

お母さん、僕は、貴方の、支えになれていましたか。

何時だってあなたに、は与えられてばかりの僕だったから、

ちっぽけな僕は、

それがとても、とても気になるのです。
今、僕が、奈菜と、真奈と、有紀を支えと感じる様に、
子供の頃の僕が、あなたの支えだったとしたら、
僕は産まれた事や、
生きて来た時間に、
今なら、
今なら、
心から、感謝出来ると思うんです。

昼間は、ミシンで洋裁の仕事をして、
夜は酌婦《ホステス》の仕事をして、
あなたは、寝る間も惜しんで、僕を護ってくれました。

子供の頃、
傍に居てくれない、あなたを恨んだ事もあるけれど、
でも、今はあなたの子供で、良かったと思います。
あなたの働く背中は、僕に、沢山の事を教えてくれました。
どんな時でも、働く事だけが家族を護る事になるんだとは言えないけれど、

でも、働く事でしか、家族を護る術を知らなかった不器用なあなたは、

蟻の様に働いて、働いて、

その生涯を終えました。

僕は、自分勝手で、少しも他人を思い遣らない、キリギリスでした。

でも、

あなたの生涯で、

あなたが咲かせた花だと、

僕は、誰からも言われる様に、

今、このスタートラインから、

僕と、奈菜と、真奈と、有紀の、四人で、

走り始めます。

母の棺に落としていた腰に鞭を打ち、立ち上がると、僕はもう振り向かず母を送り出した。母を乗せた寝台車は、北へ、北へと走り、義経の鵯越で有名な、ひよどり台へと向かう。ひよどり台は、神戸市では一番気温の低い場所だ。火葬場に着くと、それは恰も初冬の木枯らしの様な冷たい風が、今は、まだ豊富な山の緑に早くも厳しく吹いていた。

準備が整う間に骨壺を選んだ。分骨はせず、ひとつに纏める事に決まった。

「兄ちゃん、情けないな、せめて四十九日の供養には、お金を掛けて、ちゃんとしたろう」

「そうやな、ほんま、自分が情けない、でもな、それは違うと思うで」

「違うって、何が違うん」

「お母さんはな、じいちゃんの御位牌に、毎日欠かさずお茶を、ご飯を、供えて来たやろ。毎日欠かさずや、分かるか、人が、本当に亡くなる時って云うのは、誰一人、亡くなった故人の存在を、知らなくなる時や。誰の記憶からも、消えてなくなる時や。肝心なのは、忘れない事や、誰か一人でも供養を、忘れない事なんと違うかな。お母さんは、そう考えて、毎日欠かさず頑張って来たんちゃうか。俺だって情けない。でもな、やっぱり供養はお金やない。お母さんは、それを自分の背中で教えてくれたんとちゃうやろか。俺らは、お母さんのやって来た事を、引き継いだらええんと違うか」

「そっか……分かった」

弟は、嗚咽混じりに頷いた。

「ご準備が整いました」

係りの方から報せが入る。窯の前に置かれた母の棺、棺の上には花束がひとつ、手を合わせる家族の背中。凛と透き通る空が哭《な》く、その空を支えている、この豊かな大地も哭いている。母だった質《もの》が、黒く広がる煙となって、空に溶けて行く。

物事の在り方には、必ず理《ことわり》と云うものがあり、人は、その理が備わり、始めて人となる。人を形成する凡ゆる物資が、遺伝子と云う設計図を元に組み立てられ、人は理を得る。死とは、その、理を失う事であり、母を創り、彩っていた物資は、未来永劫、この世界が在る限り損なわれる事はない。

母が生きた遺伝子の記憶は、僕らの中にあり、それもまた、連鎖する命の鎖の一部として、人がこの世に存在する限り、未来永劫損なわれる事はない。人が、時間と呼ぶ、大いなる存在《もの》の懐で刻んだ現実は、人が、神仏と呼ぶ、大いなる存在《もの》の記憶の一部として損なわれる事はない。

つまり、一度そこに存在した全ては、なに一つ損なわれる事はなく、残り続ける。

貴女はそんな事、これっぽっちも、考えた事はないかもしれない。けれど、それが釈迦の教えであり、この世の真実だと僕は思う。さぁ、弥陀の胸に抱かれて下さい。もう五感と云う、貴女を苦しめた災いは終わりました。感じる事、考える事、故に現れる、全ての苦しみから遠く、遠く、遠ざかって、ゆっくりと休んで下さい。

骨粗鬆症だった母の遺骨は、軽石よりも脆く、箸を握る力加減が難しかった。踝、膝、腰、肋骨、首、喉仏、頭蓋、足から順番に骨壷に納める。小さくなった母を胸に抱き、火葬場を出た。それでも、まだ実感はない。夢から覚めれば、また貴女の姿が、何時もの場所で、あの、真新しい、白い座椅子に、嬉しそうに座っていそうで。

親を亡くして、やっと男は一人前になると言うけれど、一人前って、何なのかな、何ひとつ、出来ちゃいないって云うのに。なにひとつ、答えなんて、見つかっちゃいないって云うのに。

第十章　因縁果

――一――


翌年、三月十日。生憎と空は厚い雲に蔽われていた。

「おはよ、体調はどう」

奈菜の母が、車に乗り込むなりそう僕に言う。

「はい、体調の方はなんとか、でも、折角の誕生日やのに、雨降りやね」

「そうやね、でも、まぁ、これはこれでね、楽しみましょう」

「そうやね、折角ですもんね」

今日は、奈菜の母、英子の誕生日である。あれから、僕は母と祖母が住んでいた住宅を引き払い、すべての家財を整理し、祖母を老健に入所させ、祖母の財産管理を恵美子さんに託し、身体ひとつで姫路に引っ越しをした。奈菜の両親は、行き場を失った僕を、何も言わず受け入れてくれた。

母が亡くなって五ヶ月、度重なる転職、病気、勿論、順風満帆などには程遠い。

経済的にも、切迫した日々が今も続いている。奈菜の両親の好意がなければ、僕らの生活は成り立たなかったろう。ここに来てもう五ヶ月だ。僕らは日頃の感謝を籠めて、奈菜の両親や、その家族を、温泉に連れて行く計画をした。丁度、母の誕生日が近かった為、それを理由に、僕らは皆を誘った。

僕らの目的地は、宍粟市のとある温泉だ。宍粟市は、兵庫県の中西部、神戸市から約100㎞、姫路市から約30㎞に位置し、西は岡山県、北は鳥取県に接している。僕らは、雨の二十九号線を、車二台に分乗し、宍粟市を目指し姫路から北上を始めた。

夢前川沿いには桜が豊富に植えられていて、四月ならば壮観な景色を観られるのだが、生憎と、今はまだポツポツと控えめな梅が観られるだけだった。前を走る、奈菜の父が運転する車には、奈菜の父と祖母、それに叔母と真奈が乗っている。僕が運転する車には、奈菜と僕、そして奈菜の母と有紀が乗っている。後部座席に乗る母と有紀は、楽しそうに何やら遊んでいて、その笑い声が、僕にとって何よりのBGMだった。

「なぁ、慎也くん見て、あの看板」

奈菜が指差すその先には、廃業した飲食店があり、その看板には「ラーメン＆串カツ」と、そう書かれていた。

「ラーメンと串カツなんか、有り得んやんなぁ」

「そうやなぁ、そんな中途半端なことしとるから、つぶれたんやろ」

奈菜が頷きながら大笑いする。何気無い休日の、何気無いドライブで交わされる。何気無い会話。そんな何気無い笑い声を、今の僕は、この上なく幸せだと感じる事が出来る。

幸せとは、ある種の能力だと僕は思う。例えば、客観的に、誰もが羨むような環境に置かれたとしても、その本人に、それが如何に、幸せなことであるか、それを感じる能力がなければ、それは幸せではなくなってしまう。だから、幸せとは、個人のその能力によって大きく左右されるものであり、能力の乏しい者は、畢竟、幸せにはなれないのだと思う。ならば、その能力を培うには、どうすればいいのか。そのヒントは、自分自身の過去を振り返る事にある。

この現代社会に於いて、最も自由が無い場所は、やはり何某かの施設や病院だろう。寝る場所、着る服、食べる物。死にはしない程度に与えられはすれど、しかし、そこには、一切の選択肢はない。決められた分量の、決められた食事を、決められた時刻に、決められた時間内で食べる。そんな中に放り込まれて、僕は初めて、それまでの日常が、如何に幸せであったかを、骨身に教えられた。飴玉ひとつ、チョコレートのひと欠片、それを、自分が思う時に口に出来る。そんな普通の事が、如何に幸せな事であるかを、僕は病の中で学んだ。

つまり、幸せの土台とは、過去の苦しみの記憶。自分の過去の苦しみ、その記憶が、現在の今、この瞬間に投影された結果、そこに写し出された感情を、幸せと言うのではないだろうか。

二十九号線を北上していると、幾つも道の駅が点在していた。僕らは、その中で一宮の道の駅で休憩を取ることにした。この道の駅の向かいには伊和神社がある。伊和神社は、海神社、粒坐天照神社、と共に播磨三大神社とされ、祭神は、伊和大神（大己貴神《おほなむち》）大己貴神は後にスサノオに名を贈られ大国主命となる。大国主命と云えば縁結びで有名である。

『縁』

一つの因には無限大の縁が存在する。全ての縁の中から、最良の縁を選択するなど、人間ごときには不可能だろう。だから、そんなものは気にしていても仕方がない。この選択が将来、自分に幸を呼ぶか、或いは不幸を呼ぶかなど考えるくらいなら、今、自分が立っている時間の、その瞬間の中で、過去を振り返り、如何に自分が今、幸せであるかを考え、感じる方がよほど容易い。

車を停車させると、バケツをひっくり返した様な勢いで子供達が外に飛び出して行く。どうやら僕らと違い、甘い祖父母に何かをおねだりしようと云う魂胆である。子供らの後から皆が降りてくる。僕は、足が少し悪い祖母の手を取り、足元の安全を見ながら車から降ろす。こんな気遣いが出来る様になった自分が少し誇らしいと思うが、それは照れくさいので顔には出さない。皆を送り出し、僕は最後尾から売店に向かい、そして皆の背中を見る、どの背中にも、もう老いが忍び寄っている。何時までこんな風に出かける健康が保てるだろう、なるべく、なるべく理由を見つけて、彼らを外に連れ出したい。僕はそう心で思った。

売店には様々な土産物が並んでいる、僕は新しい職場に持っていく土産を物色していた。子供達は、案の定である。有紀はお菓子を、真奈に至っては、なんだか怪しげな玩具を祖父に買ってもらっている。まぁ、今日ぐらいはよかろう。

売店を出た僕らは、売店やレストランに併設されている野菜の特売所に足を運んだ。この界隈の農家が栽培した、採れたての新鮮な野菜が、驚く程安い値段で販売されている。売店で買ったコロッケを頬張りながら、僕らは野菜を物色した。ひとしきり野菜を買い込んだ後、僕らは再び車に乗り込み、目的地の温泉を目指して走り出した。

この物語を書き出してから、もう七年になる。僕は、この物語の中で、自分が如何に他人に虐げられて来たか、それればかりを書いてきたように思う。しかし、世界は相対的だ。

自分と云う人間がこうして生きていて、起こす言動、行動の全てが、この世界に何らかの影響を与えている。自分自身は気づいていなくとも、自分の行動や言動は、確実にこの世界、世界に生きる、凡ゆる存在《もの》に影響を与えているのだ。

確かに、こうして振り返ってみると、碌でもない、随分とハンデのある出発であり、道程であったと思う。しかし、この道程の途中で出逢った、全ての苦難は、これからの僕の人生に、大きな幸せを与えてくれる筈だ。もう、恨むのはよそう、恨みは、恨みしか呼ばぬ、呪いは、呪いしか呼ばぬ、もうよそう、呪いを吐くのはもう辞めよう。今、この目に映る、この幾つもの老いた背中を守るために、駆け出して行った、小さな命を育んでいくために。

漸く、目的地である温泉の案内掲示板が見えてきた。後、十分も走れば目的地に到着だ。案内掲示板に沿って二十九号線を右折すると、揖保川の源流に突き当たる。それを川沿いに八キロ程走ると、その温泉が現れた。

切り立った山々に囲まれるようにして建っているその温泉の玄関には、都会にはない薪ストーブが焚かれていた。皆が温泉の建物に入る中、僕は独り残り、その薪ストーブにあたりながら煙草に火を点けた。皆楽しそうにしている。家族の皆が喜んでくれているのが、とても嬉しかった。

自分の行動や言動が、誰かを笑顔にしていると思える時、人は、こんなにも幸せを感じる事ができる。同じ生きるなら、誰かが笑顔になれる様に、笑顔の思い出を贈りたい。そんな風に生きたい。金では買えない報酬を求めたい。僕は煙草をもみ消し、皆の背中を追って建物に入った。

建物の中に入ると、温泉独特の湿った空気が僕を包んだ。商魂逞しく、玄関からフロントに掛けて様々な商品が展示されている。僕らはそれらを、見るともなく見ながらフロントへと向かう。ふとカウンター越しに時計を見ると、時間はもう十一時を少し回っていた。

「慎也くん、どうする、先に飯にするか」

「いやぁ、先にひとっ風呂行きましょうよ、飯食ってから、もう一回入ってもいいですし」

「じゃ、そうするか」

僕らは男女に分かれた。考えてみると、男性は、奈菜の父と、僕しかいない。

こ、これは、なんだか少し、照れくさいじゃないか……

奈菜の父と僕は二人して暖簾をくぐった。どうにも、こんな変な緊張は、人生初めてである。フロントで手渡されたロッカーの鍵の番号が、父と少し離れた場所だったのがせめてもの救いか、僕らは当たり前のことながら、全裸になり浴場へと向かう。

浴場は、大温泉と泡風呂、目玉は、この山林王国を謡う宍粟の山々が見渡せる露天風呂である。僕らは、大浴場と泡風呂で十分に身体を温めた後、深々とした森に、小さな雨粒が舞う露天風呂に出た。出入り口の扉を開けると、一瞬にして肌を突き刺すような冷気が押し寄せる。三月とはいえ、山中は頗《すこぶ》る寒い。僕らは逆に、灼けた砂浜の、砂を踏む時の様な滑稽な歩き方で、一目散に湯船に飛び込んだ。

ここの温泉は食塩泉、二億年以上昔、ここが海だった頃の海水から出来ていると言う。人体の細胞液とほぼ同じ濃度であるため、温泉成分が吸収されやすく、長湯をしても疲れ難いそうだ。シトシトと小雨が顔を撫でる中、僕と父は悠寛《ゆっくり》と湯に浸かっていた。

「慎也、ありがとな」

「え、いえ、そんな、全然っすよ」

「お前や奈菜は、わしらにはなかなか出来ん、こういうことをしてくれる、ほんま助かるよ」

「そ・そうなんすか」

「あぁ、わしらではな、色々としがらみがあってな、なかなか皆を集めるというのが上手く出来ん、お前らが誘ってくれるから、こうして集まれるんや、ありがとな」

《ありがとな》

きっと、それは、僕が一番に、欲しかったものなのだと思う。働いていても、僕は、誰かのこの言葉で頑張れる。ありがとう、この言葉を貰うと、自分がこうして生きていることを許してもらえる気がする。自分の罪を、その言葉を貰う度に、許される気がする。僕の胸はいっぱいになる。

「さて、ほんならあがって美味いもん食おか」

「あ、はい、ここの山芋のコロッケ、めっちゃ旨いらしいっすよ」

「おぉ、ほんならそれ、食おうや」

僕と父は、上がり湯で塩水を洗い流し浴場から出る。

「ん？」

見ると、真奈がチョコンと独り座って、僕らが上がってくるのを待っている。

「もおぉぉ、男の癖に遅いねん！　真奈はお腹すいとんねん！」

チビの癖に、えらい剣幕でご立腹の様子だ。

「な！　なんやあんたら、女の癖に早いやんか、ごめんごめん、すぐ着替えるさかいに待っててや真奈ちゃん」

頬を膨らませる真奈はじーちゃんのそれには答えない、僕らは、濡れた髪もそのままに急いで服を来て外に出た。僕らが外に出ていくと、もう女性陣はすっかりお待ちかねの様子だった。

「さぁ、御飯たべよう」

奈菜が確保していたレストランの席に、僕らは順次着いていった。自家製山芋のコロッケ、アマゴの塩焼き、鹿肉の煮込み、猪肉の生姜焼き、皆が思い思いの注文をする。ビールが運ばれ、真奈が乾杯の音頭を取る。

「おばーちゃん、お誕生日おめでとう」

その場に居合わせた見ず知らずの人達からも拍手が起こる。みんな笑顔だ。本当に楽しそうだ。これを、これを僕は、守りたい。それは願望とか、目標とかではなく、純然たる僕の決意だ。もう二度と、誰も悲しませやしない。

……死んで仕舞えばいいのに……

――二――

待っていたよ、そろそろ、来る頃だと思っていた。相変わらずだね、狙いすましたように、こう云った瞬間に君はやって来る。あぁ、解かっている、何を説明しても、無駄さ、君には、短期記憶と云うのがない。僕の言葉は理解出来ても、僕の言葉を記憶し、それを省みる事がない。あぁ、分かっている、何時もの事だ。君は驚く程、こんな瞬間を狙いすまして現れる。僕に言わせれば、芸がないんだよ。でも、少し、話をしようか。最初は有紀の話しからだ。

有紀はね、出逢った頃、まだ三歳だった。歩くのが嫌いでね、直ぐに、抱っこ、抱っこって、ちっとも自分で歩こうとはしないんだ。甘いものが大好きで、ご飯は余り食べずに、お菓子やパンばかりを食べていた。有紀は、玩具が大好きさ、あぁ、子供だものね。まぁ、それはいい。僕が嫌だったのは、玩具でも、お菓子でも、それがそこに有るのが嫌、と云うのではなく、有紀が、それらを、ちっとも大切に思わない事。それが嫌だった。

あの頃、有紀の周りには沢山の同情があった。かわいそうに、かわいそうに。その「かわいそうに」それは、有紀の周りに、沢山の甘いものと玩具に化けて、有紀を取り囲み、有紀の大切な情緒を奪おうとしていた。僕はね、それが、とても厭だった。

無尽蔵に与えられる喜びなんてもう、喜びとは言えない。それは有紀を駄目にするものであって、決して、有紀を、良い方向には運ばない。僕はね、なるべく有紀を観察した。

有紀はね、とても、優しい、思い遣りのある子なんだ。この子の良いところ、それはね、天使のメガネを持ってるって事だ。家族の中で、誰か一人が泣いていても、怒っていても、自分勝手な事をしても、されても、それが許せないみたいだ。有紀は、何時だって正義を主張する。それは、自分の欲得と云うのではなく、そう、自分以外の、誰かの為にね、彼女は憤る。僕は、そんな有紀が大好きになった。

僕はね、だから、有紀が、駄目になるのは嫌なんだ。だから、有紀の周りにある「かわいそう」こいつを排除することにした。あぁ、そりゃ厳しいよ。なんてったって既存の環境を覆すほど困難なことはないからね。ダイエットなんてその代表格だろう。でも、僕は、そうだね、少し厳しすぎる程、有紀の周りにある、くだらない玩具や、お菓子を取り除いていった。

有紀は訴えるよ、なんで！　ばかーってね。僕はそんな時、必ず説明を欠かさない。それが有紀に理解出来るとか、出来ないとかよりも、説明を加える事が、大切だと思うから。そして、説明しながら、必ず抱きしめてあげる。もう同情なんかいらない、誰にも可愛そうだなんて思わせない、僕が傍にいるからって、想いを込めてね。

君には関係ない事だろう。でもね、僕にとって、それはとても重要な事だ。じゃあ、次は真奈の話をしよう。

真奈にはね、本当、随分と大変な目に遭わされたよ。まいったね、いいや、舞ったって言うべきかな、そうだよ、もうきりきり舞いってやつだ。

出逢った頃の真奈は、五歳だった。彼女に寄せられる、凡ゆる同情は、彼女が、世界が自分を中心にして回っているものだと誤解させるのには充分過ぎた。大人は、自分の我が儘を、何でも聞いてくれる。真奈は、そう信じて疑っていなかった様に思う。そう、あの頃の真奈は、荒れていたよ、誰もが、真奈の機嫌を取ることばかりを、考えていたからね。僕は、それが、とても厭だった。

僕は、凡ゆるやり繰りをして、真奈と共に過ごす時間を捻出した。だから、真奈とは毎日必ず喧嘩をした。喧嘩をドンドン繰り返して、何でも本音で吐き出せる環境を、僕は真奈に、創ってやりたかったんだ。

真奈は、大人を何処か冷めた目で見ていて、ちっとも信じていなかった。信じれば、裏切られる、真奈のこの警戒心をどうすれば解く事が出来るのか僕は考えた。人間ってのはね、どんなにキツイ事でも、平気でぶつけられる相手ってのを、実は一番信用しているものなんだ。言いたい放題言わせてやる代わりに、僕は彼女の悪いところを、遠慮なく叱り続けた。でも、真奈の心は、なかなか開けなかった。それは、ある日の事だった。匡宏への子供たちの感情を考え、僕らは、子供達には飽く迄も友達同士だと説明をしていた。その日、僕は、自宅に帰ろうと奈菜のマンションの玄関に立った、奈菜と真奈と有紀の三人も玄関に僕を見送りに出てきてくれる。

「じゃあね」

そう言いながら、何故だろう、それは、極々自然に、何気なく、僕は、子供達の前で奈菜にキスをした。その瞬間から、真奈の態度はガラリと変わった。真奈はね、僕が自分にとって、いったい、どんな属性を持った、何者であるのかが、知りたかったみたいだ。彼女はあの日から、ずっと僕の傍から離れなくなり、どんな時も、僕の愛情を独り占めしようとするようになった。

母が自分たちの前で、僕を受け入れたその姿を見た事で、多分、子供たちの中で、僕の存在に対する認識が完結したのだろう。有紀はとてもよく歩くようになったし、お菓子も我慢する様になった。真奈は我が儘を言わないようになった、勿論、程々にだけどね。

「最近の真奈ちゃん、すごく情緒が安定するようになったんです」

真奈の通う保育園の園長は奈菜にそう話したそうだ。

――三――

布団からそっと立ち、眠っている皆の足元を通り抜け、障子を開け外にでる。入口の横にあるクローゼットから、ジャケットを取りだし、それを羽織った僕は、カードキーがポケットに有るのを確かめた後、旅館の中央ホールに向かった。足音を立てたくなかった。僕は素足のまま突き当たりの階段を下りる。古い旅館だった。しかし手入れはよく行き届いていて、塵一つ落ちていない。

階段を下りると、中央ホールに向けて磨き上げられたリノリウムの廊下が続いていた。僕は、非常口を知らせる緑の蛍光灯の明かりを頼りに、廊下を歩いた。背もたれのない長椅子がある。その前に置かれているのは、足の着いた灰皿。なるほど、君が選びそうな場所だ。僕はホールに出るのを辞めて、その長椅子に腰を下ろした。

「そろそろ、決着をつけようか」

僕は、誰も座ってはいない長椅子の隣に話し掛けた。誰も座ってはいない、そう、物理的に、そこには誰も座ってはいない。しかし、彼女は、確かにそこに居て、あの、青磁色のワンピースを着ていた。相変わらず俯いたまま、身動きもしない彼女に、僕は、一方的に、話しを続けた。

ジャケットのポケットから、あの、オレンジ色の液体が入ったボトルを取り出した。仄かな蛍光灯の灯りがボトルを照らすと、僅かながらでも、そこに彼女の感情が見える気がしたからだ。

じゃ、次は、奈菜の話をしよう。あの子はね、とても不思議な子だよ。世の中には一途と云う言葉がある。僕は、勿論、概念としてその言葉の意味を理解しているし、過去に一人だけ、それを僕に見せてくれた人が居たから、そうだね、僕は、一途と云う言葉の意味はしっかりと分かっている筈だ。奈菜はね、とても、とても、それは、少し危険な位、僕が、今まで見てきた、誰よりも、物事に向かって真っ直ぐで、一途なんだ。

そりゃ、人間の人生だ、その道のりは平たく真っ直ぐじゃない。でも、彼女は、自分が一度信じた事には、誰がなんと言おうと真っ直ぐなんだ。疑心も暗鬼もありゃしない。それは崇高な神々の使いが、神々に誓う忠誠のように純粋で、真っ直ぐなんだ。

勝てない。少なくとも、僕はその部分に於いて、彼女に勝てない。僕の穢れは、彼女の、僕を信じて諦めない、その一途さに、勝てなかった。解るかい、それはつまり、君も、彼女には勝てないって事だ。

こんな話をしっているかい。ギリシアの神ゼウスは、巨人のプロメテウスを呼んで言いつけた。

「粘土で、我々と同じ姿をした生き物を作れ。わしが息を吹き込んで、命を与えてやろう」

プロメテウスが言いつけ通りの生き物を作ると、ゼウスはそれに命を吹き込んで人間と名付けた。次にゼウスは、プロメテウスにこんな命令をした。

「人間に、生きていく為の、知恵を授けてやれ。ただし、火を使う事を教えるな。火は、我々神々だけの力。人間に火を使う事を教えると、我々の手に負えなくなるかもしれんからな」

こうしてプロメテウスは、人間に家や道具を作る事、穀物や家畜を育てる事、言葉や文字を使う事などを教えた。

しかし、火がなくては、物を焼く事も煮る事も出来ない。だから人間はいつも寒さに震え、真っ暗な夜は動物たちに襲われる恐怖に怯えていた。そこでプロメテウスはゼウスの言いつけに背いて、人間に火を与える事を決心した。プロメテウスは弟のエピメテウスを呼ぶと、こう言った。

「俺は人間たちを、とても愛している。だから人間たちに、火を与えるつもりだ。だがそれは、ゼウスの怒りに、触れる事になるだろう。俺はゼウスに、滅ばされる。だからお前が、俺の代わりに、人間を見守ってやってくれ」

プロメテウスはそう言うと、太陽から盗み出した火を人間に与えた。そして怒ったゼウスに山につながれて、ワシに食い散らされてしまった。

間もなくしてゼウスは、職人の神へパイストスに命じて、この世で一番美しいパンドラを作らせると、エピメテウスのところへ連れて行かせた。

人間に火を齎した罰に送り込まれたともいえるパンドラには、神々から様々な贈り物を授けられていた。美の女神 アフロディーテからは美しさを、アポロンからは音楽と癒やしの力を、そして何よりゼウスは、パンドラに好奇心を与えていた。エピメテウスはパンドラの美しさに心を奪われると、パンドラを自分の妻にした。エピメテウスの家には、プロメテウスが残していった黄金の箱があった。

黄金の箱は、病気、盗み、ねたみ、憎しみ、悪だくみなど、この世のあらゆる悪が閉じ込められていて、それらが人間の世界に行かないようにしていたのだ。プロメテウスはエピメテウスに、「この箱だけは、決して開けてはならない」と、言っておいたのだが、パンドラはこの美しい箱を見るなり、中にはきっと素晴らしい宝物が入っているに違いないと考えた。

そこで夫に箱を開けて欲しいと頼んだのだが、エピメテウスは兄との約束で、決して首を縦に振らなかった。するとパンドラは「あなたが箱を開けてくださらなければ、私は死んでしまいます」と、言い出した。そこでエピメテウスは仕方なく、兄との約束を破って箱を開けてしまった。そのとたん、箱の中からは病気、盗み、ねたみ、憎しみ、悪だくみなどのあらゆる悪が、人間の世界に飛散した。エピメテウスが慌てて蓋を閉めると、中から弱々しい声がエピメテウスに呼びかける。

「わたしも、外へ出してください……」

「お前は、誰なの」

パンドラが尋ねると、

「わたしは、希望です」

と、中から声が返ってきた。実は、プロメテウスが、もしもの為にこの箱に忍び込ませていた最後の存在《もの》。それが、「希望」だった。こうして人間たちは、仮令どんな酷い目にあっても、希望を持つ様になったと言う。

――四――

山深い森の冷気は、もうすっかりとこの廊下に浸透している。僕は両足を上げ、長椅子の上に胡座をかいて煙草に火を点けた。

つまり、君はその昔、パンドラの匣から溢れ出した禍の瑣末な一部であり、奈菜は僕にとって、パンドラの匣に仕組まれた、希望の瑣末な一部って事だ。禍に穢された人間は、嘘をつき、誰かを貶め、蔑み、そして憎む。しかし、人間の中には、プロメテウスが残した、希望、それが、同時に存在している。誰かの穢れが人を傷つけても、誰かの希望が、人を救う。奈菜は、僕の希望だ。奈菜が傍に居てくれる限り、君がどんなに僕を穢しても、僕は、何度でも立ち直れる。そうだ。君は、だから、彼女には勝てないんだ。

違う視点で考えてみるかい。生き物には食物連鎖があり、それは弱肉強食を生んだ。強い者が、弱い者を喰う、それは、純然たる生物の掟だ。人間は、その残虐性を嘆く唯一の生き物だろう。願望として人間は、その残虐性を嘆く、しかし、人間は生物以外の何者でもなく、その願望とは相反して、食物連鎖の頂点にいる。つまり、人間は、最も残虐にして、偽善的な生き物だって事だ。

人間の根源は悪だよ。人間に善なんてありはしない。考えてみろ、善に徹すれば、人間は種の存続が図れない。つまり、悪性が人間の中に居なければ、人間は、生きては行けないって事さ。全ての善は偽善でしかない。倫理も道徳も、全ては曖昧な偽善でしかない。しかし、人間は、その偽善があるからこそ人間なんだ。人間が偽善を失えば、本能しか持たぬ他の畜生となんら変わらない。君が本質的な僕の悪だとしたら、こうして、今君に話しかけている僕は、その偽善であり、偽善者だ。そう考えてみると、なるほど、漸く判ったよ。

この肉体の持ち主は、実は、僕ではなく、君の方なんだ。そう、僕の方が、実は君より、後から生まれた。僕の現実逃避が君を生んだんじゃない。現実を欺かねばならなかった君が、僕を捏造したんだ。

君が四足の獣ならば問題はなかった。しかし君は、人間に生まれ、人間として生きねばならなかった。君は、屈折したあの環境の中で、大きくなりすぎた。偽善蔓延るこの人間の世界で生きるには、悪として君は、強すぎたんだ。父の遺伝子は知っていたのさ、このままでは、父が、その、強すぎる悪性が故に自己を破滅させた様に、君も、自己をも破滅させてしまうと。

だから君は僕を作った。強く、大きくなり過ぎた君を、人間として生かす為のガイドラインとして、僕を捏造した。僕の方が、君の盾だったと云う訳だ。

よくもまぁ……馬鹿だったよ。僕は君に、すっかり騙されていた。

僕はね、虐待の度に、前に出て僕を庇ってくれた君に、何時だって、後ろめたい思いがあったんだ。しかし、それは僕の浅はかな勘違いだった。君はそれを上手く利用していただけだ。流石は、あの父の遺伝子だけの事はある。君は、正真正銘、本物の、悪魔だ。

僕はボトルのキャップを開けた。

「これが欲しいか」

ボトルに唇をつけてみる。すると、唇を伝わって、何時かの記憶にある、あの苦味が僕の味蕾を刺激する。僕は液体を口の中に流し込んだ。液体は、この世のものとは思えないほど苦い。目を閉じた。僕は、その苦さを、一瞬だけ、深く、深く味わう。思えばこの味を初めて知った時から、僕の中の化け物は、僕を切り離し、一人歩きを始めた。僕にとっても、化け物にとってもこの味は、破滅の味だった。まさにこのボトルは、パンドラの匣、そのものだ。母が亡くなり、漸く手にしたこの新しい幸せも、ここで、コクりと、この僅かな液体を飲み干せば、それは一瞬にして消え失せてしまう。

喉が痙攣する。飲みたい、飲み干したい。もうどうでもいい、死ね。死んで仕舞え、そう思う彼女が、渾身の力を振り絞り、僕の中で暴れ狂う。

僕は立ち上がり、トイレに走った。便器に顔を突っ込むようにして液体を吐き出し、口の中に、トイレットペーパーを、吐くほどにねじ込んだ。それは、粘膜から薬が吸収されるのを防ぐためだ。口の中に残っている液体を全て拭い取り、僕は何度も、何度もうがいをして、中の物を吐き出した。

そう、これが、今の僕の意思であり、お前に対する僕の覚悟だ。思い知るがいい。言ったろ、僕は君を絶対に許さないと。君は、その昔、パンドラの匣から撒き散らされた、源悪であり、原罪だ。君の存在なくして人は生きられない。しかし、僕は、君に滅ぼされたりはしない。君を抱いたまま、僕は生きて行く。もう、僕の中から、僕と云う檻から、君を永遠に外には出さない。君は、僕の中の、肉の監獄に繋がれた、永遠の囚われ人だ。

——五——

気が付くと、青磁色のワンピースを着た彼女は立ち上がっていた。そして、その横には、艶の無い黒髪に顔を覆われた、白い着物の女が佇んでいる。

静寂の中、風ではない風が吹く。この世の、どんな物にも影響しない風が吹く。その風が、空気でも水でもない、あの場所のそれを動かした。

風ではない風が、白い着物の女と、青磁色のワンピースを着た彼女に吹いている。

風ではない風が、一瞬、唸る様につむじを巻く。

白い着物の裾と、青磁色をしたワンピースの襟にある、白いフリルの飾りが激しく揺れた。　そして、女の、艶の無い長い黒髪も、風ではない風に吹かれ、激しく揺れた。

夏は暑すぎて、僕から気持ちは重すぎて、一緒に渡るには、きっと船が沈んじゃう。どうぞ、ゆきなさい、お先に、ゆきなさい。僕の我慢が、何時か実を結び、果てない波がちゃんと、止まりますように、君と好きな人が、百年続きますように。

……君と、好きな人が、百年、続きます、ように……

お母さん……

それが、二人を見た……

最後だった……

——六——

「おはよ、早いなぁ、もう起きてたん」

「おはよう。御飯、食べへんの」

「うん、なんか湯あたりでもしてもたかな、食欲ないわ」

僕は、皆が起床する前に潜り込んでいた布団を蹴り、適当な言い訳をして、再び部屋を出た。旅館の建物の裏手にある登山道に足を踏み入れ、そして、少し歩いてみる。

数百メートルほど山道を下ると、眼下に小さなダムの様なものが見える。川からそこに流れ込む、殆ど純粋に近い藍色の水が、白い泡を吹いていた。

中心の、どんよりと濁った、その塞き止められた水には青空が錆びた様に映って、灰白い雲の影が静かに動いて行くのが分かる。霧に湿った森の大気は、緑精の囁きも聞こえそうな、言い難い静けさを漂わせている。それは、静かと云うより、寧ろ寂しさを僕に感じさせた。

目を閉じる。今まで別れてきた、凡ゆる出来事を刹那(75分の1秒)一度だけ、思い返してみる。昨日の自分、今日の自分、それは、明らかにもう違っているはずだった。

さようなら……おとうさん……おかあさん……

もう、謝らない。もう、誰にも懺悔はしないと、心に誓った。

緑精達の囁きが途切れると、僕は、とある小説の一節を思い出していた。ブラジルに移民した日本人のある男が、凡ゆる努力が報われず、死を考えていた時、通りすがりのブラジル人に声をかけられた。

「飯を食いに行こう、おごってやるからついてこい」

そのブラジル人は、裕福そうには見えなかった。だが、なんのあてても頼りもない男は、ブラジル人に促されるまま、その後に付いて行った。ブラジル人は、決してご馳走とは言えない、場末の屋台料理を、男に腹いっぱいに食わせてくれた。

「なぁ、あんた、どうしてあんたは、俺にこんなことをする」

ブラジル人は言った。

「どうだ、腹が膨れたら死のうなんて考えはなくなっちまったろう」

「……」

「人間はな、腹がいっぱいの時は、死のうなんて考えないもんさ」

「……」

「いいか、腹がいっぱいの間に、次の事は考えろ、そして、もしお前が将来、道で死にそうな顔をしている奴を見つけたら、飯をおごってやれ」

「……」

「施しってのはな、なにも、余ってる食物を坊主にくれてやるだけが施しじゃない、今日、俺がこうしてお前におごってやれるのは、昔、ある男が、俺にこうしておごってくれたからだ、よく胸に刻んでおけ、次は、お前が、誰かにおごってやれ、俺は、それで満足だ」

そう言うと、男はその場から立ち去っていった。

今、僕は、沢山の人を食い物にして、沢山の人を裏切って、泣かせて、踏みつけて、ここに立っています。僕は、そんな人達に謝りもせず、償いもせず、言い訳だけを残して別れ、ここに立っています。誰にも償いは出来ません。そして、今更、誰にも謝りもしません。けれど、僕は、血の繋がらない、この子達を育てて行きます。僕の近くの、この、年老いた背中を抱いて生きて行きます。

今となっては、もう誰にも、謝ることも、償うことも、出来ないけれど、僕は、僕の今、目の前にある、出来る事を、やろうと思います。それが何時か、本末究竟《ほんまつくきょう》等相《とうそう》を得ると信じて、因果の果てで、凡ゆる事への、償いになると信じて、僕は、生きて行きます。

肉の監獄　下

了

マルムス

昭和41年生まれ

平成22年頃より、小説サイト、Eエブリスタにて、本作品の執筆を機に、文筆を志す。

代表作に、「心霊よもやま話」「Shangri-la」「黄色いりんご」等があり、現在もEエブリスタにて、精力的に連載中

【表紙・絵】　田野　敦司

肉の監獄 下

2016年9月22日発行

著　者　マルムス
発行所　ブックウェイ
〒670-0933　姫路市平野町62
TEL.079 (222) 5372　FAX.079 (223) 3523
http://bookway.jp
印刷所　小野高速印刷株式会社

ISBN978-4-86584-183-1